2024
CATALOGUE

초록개구리
더불어 사는 즐거움,
어린이 인문 교양서

마술피리
상상의 세계로 넘나드는
마술 같은 이야기

오유아이 Oui
지식을 찾아가는 모험의 길,
청소년 인문 교양서

백두산이 폭발한다!

946년 백두산 대폭발

946년에 있었던 백두산 대폭발을 소재로 작가의 역사적 상상력을 더해 당시의 상황을 생생하게 되살린 재난 동화. 백두산에서 그리 멀지 않은 마을에 살던, 멸망한 발해의 왕족 무록이 거란의 노예로 끌려가던 중 백두산이 폭발한다. 재난의 한복판에서 펼쳐지는 박진감 넘치는 이야기가 손에 땀을 쥐게 한다.

김해등 글 | 다나 그림 | 140쪽 | 14,500원

★ 중소출판사 출판콘텐츠 창작 지원 사업 선정도서

초콜릿이 너무 비싸요!

초콜릿 불매 운동을 벌인 캐나다 어린이들

초콜릿 불매 운동을 벌인 캐나다 어린이들의 실화를 바탕으로 쓴 동화. 정부가 초콜릿값을 갑자기 올리자 어린이들이 불매 운동을 시작한다. 아이들은 의사당으로 가서 초콜릿값이 비싸다는 의견을 전하고, 값을 내리라는 손팻말을 들고 거리에서 행진도 한다. 어린이들이 시민으로서 의사를 어떻게 표현할지 진지하게 고민해 볼 수 있는 책.

미셸 멀더 글 | 윤정미 그림 | 김루시아 옮김 | 144쪽 | 13,000원

★ 올해의 청소년 교양도서 추천도서   ★ 아침독서 추천도서

지구 좀 그만 못살게 굴어요!

세상 모든 어른을 침묵시킨 6분의 연설

캐나다의 열두 살 아이들이 환경 모임을 결성하고, 브라질의 리우데자네이루에서 열린 지구 정상 회의에 가기까지의 실화를 담아 낸 책. 다섯 아이들이 보여 주는 개성 넘치는 모습과 역할, 그리고 꾸밈없이 드러나는 갈등은 이야기에 사실적인 긴장감과 재미를 보탠다. 어린이들도 사회 문제에 목소리를 내고 참여할 수 있는 권리가 있다는 사실을 알 수 있다.

재닛 윌슨 글 | 이지후 그림 | 송미영 옮김 | 224쪽 | 14,000원

★ 청소년출판협의회 이달의 청소년책   ★ 아침독서 추천도서

단 하루라도 총을 내려놔 주세요!

어른들의 전쟁을 멈춘 콜롬비아 어린이 평화 운동

폭력이 난무하던 콜롬비아에서 어린이들이 무장 단체에게 "단 하루만이라도 총을 내려놔 주세요!"라고 요구한 다음, 다 함께 춤추고, 노래를 부르고, 맛있는 음식을 나눠 먹으면서 가장 평화로운 방법으로 평화를 도모한다. 1996년 10월 25일 콜롬비아 전역에서 열렸던 어린이 투표와 평화 축제 실화를 담은 동화.

미셸 멀더 글 | 이해정 그림 | 김태헌 옮김 | 168쪽 | 13,500원

★ 전주시립도서관 사서 추천도서

룰스

세상에서 가장 사랑스럽고, 다정하고, 이상한 규칙!

캐서린이 원하는 건 오로지 평범한 생활이지만, 자폐 스펙트럼 장애가 있는 동생 데이비드와 함께하는 일상 속에서 그 바람이 이루어지기란 불가능에 가깝다. '늦는다고 안 오는 건 아니다'에서부터 '사람들이 있는 데서는 바지를 벗지 않는다'에 이르기까지, 캐서린은 데이비드에게 타인과 함께 살아가는 방법을 가르쳐 주기 애쓴다.

신시아 로드 글 | 천미나 옮김 | 248쪽 | 16,800원

★ 뉴베리 아너 수상작 　★ 슈나이더 패밀리 북 어워드 수상작

햄버거 공부책

만들면서 배우는 햄버거의 모든 것

이 책에는 타타르족이 즐겨 먹던 고기가 어떻게 독일을 거쳐 지금의 햄버거가 되었는지, 햄버거 속 재료들을 어떤 순서로 조립해야 하는지, 햄버거에 쓰는 빵은 다른 빵과 어떻게 다른지 등 햄버거에 얽힌 여러 나라의 역사, 문화, 과학 지식이 골고루 담겨 있다. 햄버거를 만드는 단계마다 그림과 간단한 레시피를 곁들여 어린이들도 따라 만들기 쉽도록 구성했다.

정원 글 | 박지윤 그림 | 72쪽 | 13,000원

★ 학교도서관저널 추천도서 　★ 한우리 필독도서 　★ 아침독서 추천도서

숲에 자동차 소리가 울려 퍼지면?

건강한 지구를 위해 지켜야 할 자연의 소리

생태계 균형을 되찾는 방법으로 '자연의 소리'에 귀 기울이기를 제안하는 책. 자연의 소리에 귀를 기울이면 자연의 상태를 정확하게 파악할 수 있고, 위기 속에서도 살아남은 자연의 절묘한 생존 비법을 배울 수 있다. 이 책은 우주 탄생의 소리부터 시작하여 '소리 풍경'이라는 생소한 주제에 이르기까지 우리 주변의 소리에 관심을 가지고 탐색하는 길을 안내한다.

스티븐 에이킨 글 | 김아림 옮김 | 전영석 감수 | 72쪽 | 12,500원

★ 녹색지구도서상 어린이 논픽션 부문 추천도서

모두 어디 갔을까?

음식물 쓰레기를 흙으로

음식물 쓰레기들의 이야기를 통해 흙에서 태어나 흙으로 돌아가는 생명 순환의 경이로운 과정을 보여 주는 그림책. 이 책은 음식물 쓰레기 처지가 된 방울토마토, 브로콜리, 밥풀이 흙으로 돌아가는 과정을 담았다. 방울토마토가 흙 속에서 흔적도 남기지 않고 사라졌다가 어느 날 초록 새싹으로 다시 태어나는 장면은 생명 순환의 놀라운 신비를 보여 준다.

김승연 글 | 핸짱 그림 | 44쪽 | 15,000원

★ 학교도서관저널 추천도서 　★ 아침독서 추천도서

소능력자들 8. 쌍둥이의 복수

소능력자들을 응징하기 위해 쌍둥이 누나 대신 그가 나섰다!

미스터 미특이 올린 파랑이의 동영상이 마침내 윤수의 눈에 띄고, 아이들은 미스터 미특의 요구대로 한적한 데 위치한 자연사 박물관을 찾는다. 세븐의 쌍둥이 남동생, 욕심을 위해 양심을 버린 인기 유튜버, 잔소리 대마왕인 초능력보존협회 신입 요원, 손에 개구리 인형을 끼고 다니는 새 소능력자, 그리고 우정으로 똘똘 뭉친 소능력자들의 대활약!

김하연 글 | 송효정 그림 | 156쪽 | 12,000원

쌍둥이 탐정 똥똥구리 3. 외계인의 보물

외계인의 보물을 찾기 위해 떠나는 고대 도시로의 모험!

가장무도회를 즐기던 똥똥구리 탐정에게 외계인 복장을 한 사람이 스르르 다가오더니, 자신이 고향별로 돌아가는 데 필요한 보물을 찾아 달라고 부탁한다. 스핑크스 오른발 아래, 고대 신전의 두 번째 기둥, 피라미드 속 보물방에 가서 얻은 단서를 퍼즐처럼 맞추면 보물을 찾을 수 있다나? 고대 도시에서 펼쳐지는 똥똥구리 탐정의 흥미진진한 모험!

류미원 글 | 이경석 그림 | 88쪽 | 12,500원

쌍둥이 탐정 똥똥구리 4. 천도복숭아 도둑

옥황상제도 인정한 명탐정 똥똥구리의 활약

똥똥구리 탐정 사무소에 탐스러운 천도복숭아가 배달된다. 때마침 사무소를 방문한 옥황상제의 심부름꾼 까마귀는 천도복숭아를 보더니 눈이 휘둥그레져 급히 되돌아가는데……. 옥황상제가 도둑맞은 하늘정원의 천도복숭아였기 때문이다. 잠시 후, 천둥소리와 함께 똥똥구리를 찾아온 구름용은 두 탐정을 옭아매고 하늘 높이 날아오른다. 똥똥구리에게 무슨 일이 일어난 걸까?

류미원 글 | 이경석 그림 | 88쪽 | 12,500원

쌍둥이 탐정 똥똥구리 5. 거울귀신과 쌍둥이 마을

이상한 거울을 보고 나서 생겨난 가짜 아이들

구슬픈 울음소리를 따라가 보니 장승이 목 놓아 울고 있다. 마을 아이들이 이상한 거울을 본 다음 쌍둥이처럼 똑같이 생긴 가짜 아이들이 생겨났기 때문이다. 마을 수호신인 장승이 강렬한 빛 때문에 잠깐 눈을 감은 적이 있는데, 그때 고약한 거울귀신이 들어온 게 분명! 똥똥구리 탐정이 거울귀신을 물리칠 수 있을까?

류미원 글 | 이경석 그림 | 88쪽 | 12,500원

10대에 정보 보안 전문가가 되고 싶은 나, 어떻게 할까?

정보 보안 전문가를 꿈꾸는 10대에게

사이버 보안부터 윤리적 해커까지 정보 보안 전문가를 꿈꾸는 10대가 알아야 할 모든 것을 담은 책. 공포스러운 사이버 범죄 집단의 손아귀에서 우리의 일상과 사회 기반 시설, 국가 안보까지 안전하게 지켜 주는 정보 보안 전문가의 세계로 떠날 수 있다. 또한 정보 홍수 시대에 무엇이 참이고 거짓인지 스스로 분별하는 미디어 리터러시의 중요성을 일깨워 준다.

마이클 밀러 글 | 최영열 옮김 | 정일영 감수 | 168쪽 | 14,500원

★ 아침독서 추천도서

느닷없이 어른이 될 10대를 위한 철학책

생각하는 어른이 되기 위한 철학 입문

10대가 철학에 가까이 다가갈 수 있는 책. 단순히 철학이 무엇인지 설명하는 데에 그치지 않고, 청소년이 처한 상황이나 현재 사회 문제 등을 다루며 철학에 접근하는 방식이라 청소년들이 친근하게 느낄 수 있다. 10대를 스스로 생각하고 행동할 줄 아는 어른으로 성장하게 해 주는 철학 사용 설명서.

오가와 히토시 글 | 전경아 옮김 | 문종길 감수 | 208쪽 | 15,000원

차례

더불어 사는 즐거움, 어린이 인문 교양서

나는 새싹 시민

민주주의, 다양성 존중, 배려와 나눔, 참여와 책임, 자율, 평화, 인권 등
어린이가 터득해야 할 시민 의식을 핵심 키워드 중심으로 담아내는 시리즈.

- 내가 바꾸는 세상 시리즈
- 어느 날 갑자기 시리즈
- 퀴즈 시리즈
- 단행본

내가 바꾸는 세상 시리즈

불편을 참는 대신 스스로의 힘으로 세상을 아름답게 바꿔 가는
어린이들의 이야기를 통해 유쾌하고 발랄한 시민 의식의 힘을 보여 준다.

4학년 사회 교과서 수록 사례 ⬩ 2009 개정 6학년 사회 교과서 수록 사례
5-6학년 더불어사는민주시민교과서 수록 사례 ⬩ 국립어린이청소년도서관 사서 추천도서
한우리 필독도서 ⬩ 서울시교육청 어린이도서관 권장도서 ⬩ 청소년 북토큰 선정도서
문학나눔 선정도서 ⬩ 국가인권위원회 2019년 어린이인권도서

우리가 박물관을 바꿨어요!

국립중앙박물관에 도시락 쉼터를 만든 아이들

2012년 서울 수송초등학교 6학년 아이들이 국립중앙박물관에 관람
객을 위한 실내 도시락 공간을 마련하도록 요구하고, 결과를 이끌어
내기까지 고군분투했던 실화를 바탕으로 쓴 동화. 아이들의 활동 과
정을 차근차근 보여 주어, 불편을 해결해 보고자 하는 어린이들에게
도움을 준다.

배성호 글 | 홍수진 그림 | 144쪽 | 값 9,500원

★ 2009 개정 6학년 사회 교과서 수록 사례　★ 청소년 북토크 선정도서
★ 어린이도서연구회 추천도서　★ 국립어린이청소년도서관 사서 추천도서
★ 전국초등사회교과모임 추천도서　★ 학교도서관사서협의회 추천도서

[교과연계] 4-1 사회 3. 지역의 공공 기관과 주민 참여 | 6-1 사회 1. 우리나라의 정치 발전

안전 지도로 우리 동네를 바꿨어요!

초등학생 눈높이로 삶터를 구석구석 살펴본다!

초등학교 4학년 학생들이 안전 지도를 제작하고 동네의 변화를 이끌
어 내기까지의 실제 이야기를 바탕으로 한 책. 주민들을 인터뷰하고,
동네 구석구석을 살피는 과정, 지도를 제작하는 과정이 일기 형식으
로 담겨 있어, 독자들이 전체 안전 지도 제작 과정을 재미있게 따라
갈 수 있다.

배성호 글 | 이유진 그림 | 88쪽 | 값 11,000원

★ 4학년 사회 교과서 수록 사례　★ 한우리 필독도서
★ 어린이도서연구회 추천도서　★ 국가인권위원회 어린이 인권도서
★ 학교도서관사서협의회 추천도서　★ 아침독서 추천도서

[교과연계] 4-1 사회 3. 지역의 공공 기관과 주민 참여 | 4-2 사회 1. 촌락과 도시의 생활 모습

어린이를 위해 어린이가 뭉쳤다

열두 살에 어린이 인권 단체를 만든 크레이그 킬버거

크레이그 킬버거는 개발도상국의 어린이 노동을 전 세계에 고발하여
노벨 평화상 최연소 후보에 오른 인물이다. 이 책은 킬버거가 평범
한 초등학생에서 어린이 인권 운동가로 성장하기까지의 이야기를 감
동적인 동화로 담아냈다. 어린이 인권 단체를 결성한 후 어린이 노동
현장을 직접 보기 위해 남아시아를 여행한 두 달을 중심으로 담았다.

김하연 글 | 이해정 그림 | 164쪽 | 값 11,000원

★ 아침독서 추천도서　★ 서울시교육청 어린이도서관 사서 추천도서
★ 학교도서관사서협의회 추천도서

[교과연계] 5-1 사회 2. 인권 존중과 정의로운 사회

똥 학교는 싫어요!
대변초등학교 아이들의 학교 이름 바꾸기 대작전

재학생, 교사, 학부모, 졸업생, 지역 주민이 힘을 합쳐 이루어 낸, 보기 드문 교명 변경 사례를 동화로 꾸민 책. 54년 동안 '똥 학교'로 놀림 받던 학생들의 분노와 울분이 부학생회장 후보의 발칙한 공약 하나에 수면 위로 솟구쳐 올랐다! 작은 바닷가 마을에서 펼쳐진, 갓 잡은 멸치처럼 팔팔한 민주주의의 현장.

김하연 글 | 이갑규 그림 | 148쪽 | 11,000원

★ 한우리 필독도서 ★ 4학년 사회 교과서 수록 사례 ★ 청소년 북토크 선정도서
★ 국가인권위원회 어린이 인권도서 ★ 서울시교육청 어린이도서관 권장도서

[교과연계] 4-1 사회 3. 지역의 공공 기관과 주민 참여 | 6-1 사회 1. 우리나라의 정치 발전

우리가 학교를 바꿨어요!
학교를 좀 더 편안하고 신나는 공간으로 만들기 위한 특별 수업

서울삼양초등학교 6학년 5반 아이들이 자신들의 생각을 담아 공간을 바꾼 실제 사례를 어린이 눈높이로 각색하여 펴낸 책. 학교의 주인으로서 공간 디자인에 뛰어든 아이들의 이야기가 담겨 있어, 학교 공간 바꾸기를 시작한 학교에서 교사나 학생이 참고할 만하다.

배성호 글 | 서지현 그림 | 144쪽 | 12,000원

★ 국립어린이청소년도서관 사서 추천도서 ★ 청소년 북토크 선정도서
★ 아침독서 추천도서

[교과연계] 4-1 사회 3. 지역의 공공 기관과 주민 참여 | 6-1 사회 1. 우리나라의 정치 발전

잘 가, 비닐봉지야!
발리에서 비닐봉지 안 쓰기 운동을 시작한 멜라티 위즌

세계적 환경운동가로 자리 매김 중인 멜라티 위즌의 이야기를 동화로 만날 수 있는 책. 열두 살 어린이가 어떻게 환경운동을 시작하게 되었는지, 지치지 않고 꾸준하게 활동할 수 있었던 힘은 무엇인지, 목표를 이루기 위해 어떤 과정을 거쳤는지 볼 수 있다. 어른들도 섣불리 나서지 않는 쓰레기 문제를 어린이로서 할 수 있는 일에 집중하며 하나씩 풀어가는 모습을 볼 수 있다.

양서윤 글 | 이다혜 그림 | 140쪽 | 12,500원

★ 한우리 필독도서 ★ 문학나눔 선정도서

[교과연계] 4-1 사회 3. 지역의 공공 기관과 주민 참여 | 6-2 사회 1. 세계 여러 나라의 자연과 문화

발명으로 바다를 구할 테야!

미세 플라스틱 탐지 장치를 만든 열두 살 발명가 안나 두

바다를 사랑하는 평범한 아이 안나 두가 바닷속 미세 플라스틱 탐지 장치를 발명하기까지의 과정을 담은 책. 안나의 시점에서 어떻게 플라스틱 폐기물, 그중에서도 바닷속 미세 플라스틱 문제에 관심을 갖게 되었는지, 어떤 과정을 거치며 연구를 계속해 나갔고, 난관을 어떻게 돌파할 수 있었는지를 생생하게 들려준다.

안나 두 글 | 김지하 그림 | 송미영 옮김 | 강신호 감수 | 176쪽 | 12,500원

[교과연계] 6-2 사회 2. 통일 한국의 미래와 지구촌의 평화 | 6-2 도덕 6. 함께 살아가는 지구촌

우리가 교문을 바꿨어요!

서울삼양초등학교 교문 프로젝트를 엿볼 수 있는 책

서울시교육청 학교 공간 혁신 정책의 모범 사례로 꼽히는 서울삼양초등학교 교문 프로젝트를 각색하여 담아낸 동화. 이 책은 어린이들에게 익숙한 학교 공간에 대해 새로운 상상을 해 보도록 용기를 불어넣어 주고, 어떤 위기를 맞닥뜨리더라도 여럿이 지혜를 모으면 헤쳐 나갈 수 있다는 사실을 깨닫게 한다.

배성호 글 | 김지하 그림 | 120쪽 | 12,500원

[교과연계] 4-1 사회 3. 지역의 공공 기관과 주민 참여 | 5-2 국어-가 3. 의견을 조정하며 토의해요

초콜릿이 너무 비싸요!

초콜릿 불매 운동을 벌인 캐나다 어린이들

초콜릿 불매 운동을 벌인 캐나다 어린이들의 실화를 바탕으로 쓴 동화. 정부가 초콜릿값을 갑자기 올리자 어린이들이 불매 운동을 시작한다. 아이들은 의사당으로 가서 초콜릿값이 비싸다는 의견을 전하고, 값을 내리라는 손 팻말을 들고 거리에서 행진도 한다. 어린이들이 시민으로서 의사를 어떻게 표현할지 진지하게 고민해 볼 수 있는 책.

미셸 멀더 글 | 윤정미 그림 | 김루시아 옮김 | 144쪽 | 13,000원

★ 올해의 청소년 교양도서 추천도서 ★ 한국어린이출판연합 추천도서
★ 서울특별시교육청 어린이도서관 추천도서 ★ 아침독서 추천도서

[교과연계] 4-1 사회 3. 지역의 공공 기관과 주민 참여 | 4-2 사회 2. 필요한 것의 생산과 교환

2023년 출간

지구 좀 그만 못살게 굴어요!

세상 모든 어른을 침묵시킨 6분의 연설

캐나다의 열두 살 아이들이 환경 모임을 결성하고, 브라질의 리우데 자네이루에서 열린 지구 정상 회의에 가기까지의 실화를 담아 낸 책. 다섯 아이들이 보여 주는 개성 넘치는 모습과 역할, 그리고 꾸밈없이 드러나는 갈등은 이야기에 사실적인 긴장감과 재미를 보탠다. 어린 이들도 사회 문제에 목소리를 내고 참여할 수 있는 권리가 있다는 사 실을 알 수 있다.

재닛 월슨 글 | 이지후 그림 | 송미영 옮김 | 224쪽 | 14,000원

★ 청소년출판협의회 이달의 청소년책
★ 경기중앙교육도서관 추천도서 ★ 아침독서 추천도서

[교과연계] 4-1 사회 3. 지역의 공공기관과 주민 참여 | 4-2 사회 3. 사회 변화와 문화 다양성

2023년 출간

단 하루라도 총을 내려놔 주세요!

어른들의 전쟁을 멈춘 콜롬비아 어린이 평화 운동

폭력이 난무하던 콜롬비아에서 어린이들이 무장 단체에게 "단 하루 만이라도 총을 내려놔 주세요!"라고 요구한 다음, 다 함께 춤추고, 노 래를 부르고, 맛있는 음식을 나눠 먹으면서 가장 평화로운 방법으로 평화를 도모한다. 1996년 10월 25일 콜롬비아 전역에서 열렸던 어린 이 투표와 평화 축제 실화를 담은 동화.

미셸 멀더 글 | 이해정 그림 | 김태헌 옮김 | 168쪽 | 13,500원

★ 전주시립도서관 사서 추천도서

[교과연계] 4-1 사회 3. 지역의 공공기관과 주민 참여 | 5-2 국어-가 3. 의견을 조정하며 토의해요

출간 예정

우리 같이 밥 먹을래?(가제) 양서윤 글

왕따 방지 어플리케이션을 개발한 나탈리 햄튼 이야기

놀다 보니 집이 뚝딱!

건축가처럼 보고, 그리고, 만들어 보는 건축 워크북

수(한수옥) · 썬(권선영) 글 · 그림 | 144쪽 | 13,500원

[교과 연계]
3-2 사회 (김현미) 1.환경에 따라 다른 모습
3-2 미술(류재만) 1. 초록에 물들며

건축가의 눈으로 세상을 보고,
건축가처럼 건물을 상상하여 그리고,
건축가처럼 건물을 모형으로 만들어 보며
건축과 친해지고 건축의 흥미로운 세계를
맛보게 하는 책!

어느 날 갑자기 시리즈

특정 직업을 가진 사람들이 어느 날 갑자기 한꺼번에 사라지면
무슨 일이 벌어질지 상상하여 쓴 동화 시리즈.
아찔한 이야기를 통해 일의 가치를 깨닫고,
나와 이어진 이웃과 세상을 알아 나간다.

◈ 한우리 필독도서 ◈ 아침독서 추천도서 ◈ 청소년 북토크 선정도서
◈ 서울시교육청 어린이도서관 사서 추천도서

긴급 뉴스, 소방관이 사라졌다!

마법에 걸린 뽑기 통이 불러일으킨 소방관 실종 사건

우진이는 아래층에 사는 귀 밝은 소방관 때문에 엄마에게 바퀴 달린 운동화를 빼앗기고, 속이 상한 나머지 뽑기 통에서 뽑은 소원 피에로에 대고 이렇게 소리친다. "소방관들 모두 사라지게 해 주세요!" 그런데 진짜로 소방관이 사라진다! 소방관이 사라진 세상에서는 어떤 일이 벌어질까?

이정아 글 | 신혜원 그림 | 116쪽 | 11,000원

★ 청소년 북토큰 선정도서 ★ 한우리 필독도서

[교과 연계] 2-1 국어-나 11. 상상의 날개를 펴요 | 3-2 사회 환경에 따라 다른 모습

구슬이 탁, 의사가 사라졌다!

기쁜 소식에서 공포 영화로 바뀐 의사 실종 사건

승리는 충치를 치료하러 치과에 갔다가 눈물이 쏙 빠지게 혼이 나고, 결국 이렇게 외친다. "의사들은 다 나빠! 모두 사라져 버리면 좋겠어!" 그랬더니 정말로 전 세계 의사들이 모조리 사라진다. 병원 안 가도 된다고 좋아하던 것도 잠시, 아이들은 의사가 없다는 것이 어떤 의미인지 무엇을 뜻하는지 깨닫게 되는데…….

이향안 글 | 서지현 그림 | 84쪽 | 11,000원

★ 서울시교육청 어린이도서관 사서 추천도서

[교과 연계] 2-1 국어-나 11. 상상의 날개를 펴요 | 3-2 사회 환경에 따라 다른 모습

아싸, 선생님이 사라졌다!

밀랍 인형의 저주로 시작된 영원한 방학

태민이는 친구들과 함께 들른 '알쏭달쏭 박물관'에서 실수로 '세상에서 가장 무서운 선생님' 전시품의 지휘봉을 망가뜨린다. 그후 갑자기 전국의 선생님들이 사라진다. 학교에 가지 않아도 된다는 사실에 신난 것도 잠시, 태민이는 날마다 악몽에 시달린다. 어떻게 하면 선생님들이 돌아올까?

김하연 글 | 김고은 그림 | 88쪽 | 11,000원

[교과 연계] 2-1 국어-나 11. 상상의 날개를 펴요 | 3-2 사회 환경에 따라 다른 모습

별똥별이 슝, 환경미화원이 사라졌다!
환경미화원에 대한 기억이 싹 지워진 세상

교실 청소를 땡땡이쳤다가 청소하기 벌을 받은 동훈이는 화가 난 나머지 집에 갈 때마다 쓰레기봉투를 걷어차고, 결국 환경미화원에게 딱 걸리고 만다. 동훈이는 마침 떨어지는 별똥별을 보고 외친다. "환경미화원이 모두 사라지게 해 주세요!" 그런데 세상이 이상하게 변한다. 아무도 환경미화원을 기억하지 못하는 것이다!

최은옥 글 | 김재희 그림 | 84쪽 | 11,000원

★ 아침독서 추천도서

[교과 연계] 2-1 국어-나 11. 상상의 날개를 펴요 | 3-2 사회 환경에 따라 다른 모습

한입에 꿀꺽, 운전기사가 사라졌다!
지구를 구할 슈퍼 드라이버 찾기 대작전

솔희네 집 진열장에는 솔희 아빠가 '지구를 구할 마지막 운전기사'라고 우기는 장난감 운전기사가 있다. 수많은 장난감 자동차와 함께. 어느 날 솔희는 자동차를 짝꿍에게 보여 주려고 아빠 몰래 진열장을 뒤진다. 다음 날, 버스와 택시뿐 아니라 모든 교통수단의 운전기사가 사라지는데……

신채연 글 | 나인완 그림 | 96쪽 | 11,000원

★ 한우리 필독도서

[교과 연계] 2-1 국어-나 11. 상상의 날개를 펴요 | 3-1 사회 교통과 통신수단의 변화

씽씽맨, 같이 놀자!

몸도 쓰고 머리도 쓰는 게임 12가지

초등학생 대상의 놀이 안내서.
게임에 따라 사고력, 협동심, 순발력,
창의력, 재치를 발휘해야 하고,
몇몇 게임은 덧셈과 뺄셈, 자석의 성질,
단어와 속담 뜻을 익힐 수 있어
교육적인 효과도 있어요.
책장을 덮은 다음 바로 게임을 시작할 수
있도록 돕는 부록도 실려 있답니다!

글 류미원 | 그림 윤지
쪽 108쪽 | 값 13,500원

[교과 연계]
1-1 수학 3. 덧셈과 뺄셈
2-1 국어-가 4. 말놀이를 해요

같이 놀자!

퀴즈 시리즈

어린이들이 다른 이들과 평화롭게 공존하기 위해 알아야 할 주제를
재미있는 퀴즈를 풀면서 알아본다.
전문가에게 감수를 받아 정보의 정확성이 높고
어린이들이 균형 잡힌 시각을 갖출 수 있다.

한우리 필독도서 · 환경책큰잔치 선정 올해의 어린이 환경책
환경부 우수환경도서 · 학교도서관저널 추천도서

퀴즈, 미세먼지!

재밌는 퀴즈로 풀어 보는 미세먼지의 모든 것

미세먼지의 개념, 미세먼지가 해로운 이유, 미세먼지를 없애는 올바른 청소법, 집 안팎에서 미세먼지를 발생시키는 범인, 미세먼지를 덜 만들기 위해 개인 및 공동체가 할 수 있는 일까지, 어린이들이 미세먼지에 대해 반드시 알아야 할 정보가 담겨 있다. 키득거리면서 외계인들이 내는 퀴즈를 풀다 보면 누구나 미세먼지 척척박사가 될 것이다.

환경정의 기획 | 임정은 글 | 이경석 그림 | 76쪽 | 12,500원

★ 한우리 필독도서 ★ 환경책큰잔치 선정 올해의 어린이 환경책
★ 환경부 우수환경도서 ★ 학교도서관저널 추천도서 ★ 아침독서 추천도서
★ 중국 판권 수출

[교과 연계] 2-2 안전한 생활 4.안전하고 건강하게 | 3-1 과학 5.지구의 모습

퀴즈, GMO!

매일 마주하는 GMO, 이제는 알고 먹자

우리나라는 GMO를 가장 많이 수입하는 나라 중 하나이다. 이 책은 GMO에 대해 어린이 눈높이로 알기 쉽게 설명하여 어린이들이 자신의 몸을 건강하게 지키는 데 도움을 준다. 기상천외한 상상맨을 비롯하여 유머러스한 그림과 퀴즈의 답으로 제시되는 엉뚱한 보기는 어린이들이 다소 어려운 주제에 한 발 더 가까이 갈 수 있게 한다.

위문숙 글 | 이경석 그림 | 김해영 감수 | 76쪽 | 12,500원

★ 환경부 우수환경도서 ★ 학교도서관저널 추천도서 ★ 중국 판권 수출

[교과 연계] 2-2 안전한 생활 1.안전은 내가 먼저 | 3-1 과학 1.과학자는 어떻게 탐구할까요?

퀴즈, 유해 물질!

착한 미생물 삼총사가 알려 주는 유해 물질의 모든 것

미생물 삼총사는 '어떤 냄새가 가장 해로울까?', '식탁에 둔 찹쌀떡이 일주일째 말랑말랑한 이유는?' 같은 퀴즈에 재미있는 보기를 제시해 호기심을 유발한 다음, 향기와 부드러운 식감의 이면에 숨은 위해성을 알려준다. 유머러스한 그림은 다소 어려운 유해 물질의 세계로 향하는 어린이 독자들의 발걸음을 가볍게 한다.

양서윤 글 | 이경석 그림 | 최경호 감수 | 76쪽 | 12,500원

★ 한우리 필독도서 ★ 학교도서관저널 선정 이달의 책 ★ 중국 판권 수출

[교과 연계] 3-1 과학 2. 물질의 성질 | 4-1 과학 5. 혼합물의 분리

퀴즈, 반려동물!

할머니와 반려동물이 들려주는 '이것만은 꼭 알아 줘!'

이 책은 반려동물의 대부분을 차지하는 개와 고양이에 주로 초점을 맞추었다. 기본적인 생활 양식은 물론 반려동물이 어떻게 해야 건강하고 행복하게 지낼 수 있는지 자세히 실려 있다. 이 책을 읽은 어린이들은 동물을 가족이자 이웃으로 받아들이고 함께 살아가는 방법을 배울 수 있을 것이다.

임정은 글 | 김현영 그림 | 동물자유연대 감수 | 76쪽 | 13,500원

★ 한국어린이출판연합 추천도서 ★ 경기중앙교육도서관 추천도서
★ 아침독서 추천도서

[교과연계] 3-2 사회 3. 가족의 모습과 역할 변화 | 3-2 과학 2. 동물의 생활

출간 예정

퀴즈, 용돈과 경제(가제) 양서윤 글

어린이들의 일상과 밀접한 용돈을 통해 경제 개념을 이해할 수 있는 책

우리는 반대합니다!

의견이 다를 때 어떻게 해야 할까?

학교에서 일어난 한 사건을 두고 학교 구성원들의 의견이 다를 때 어떻게 합의에 이르는지 보여 주는 책. 양 팀이 각각 주장을 펼치고, 반대 시위를 벌이고, 토론을 하고, 찬반투표를 하는 과정에서 상대 팀의 의견이 틀린 것이 아니라 관점이 다른 생각이라는 것을 깨닫고, 대화와 토론의 장을 통해 소통의 힘을 믿게 되는 값진 경험을 하게 된다.

클라우디오 푸엔테스 글 | 가브리엘라 리온 그림 | 배상희 옮김 | 48쪽 | 12,000원

★ 국립어린이청소년도서관 사서 추천도서 ★ 경남독서한마당 선정도서

[교과 연계] 4-1 사회 3.민주주의와 주민자치 | 5-1 국어 2.토의의 절차와 방법

김란사, 왕의 비밀문서를 전하라!

독립운동과 여성 교육에 앞장선, 유관순의 스승

'김란사'는 고종의 밀사로 국제회의에 파견될 만큼 걸출한 독립지사이자, 조선 여성을 위한 교육에 헌신하며 유관순을 비롯한 학생들에게 독립 정신을 불어넣은 교육가이다. 김란사의 삶을 연구해 온 학예연구사가 직접 유족을 만나 생생한 이야기를 전해 듣고, 관련 자료를 모아 집필한 책.

황동진 글·그림 | 120쪽 | 12,500원

★ 아침독서 추천도서

[교과 연계] 5-1 사회 2. 인권 존중과 정의로운 사회 | 6-1 국어 8. 인물의 삶을 찾아서

지구 반대편으로 간 선생님

나눔을 실천하러 지구 반대편으로!

초등학교 교사인 강영광은 반 아이들과 잘 지내고 싶지만 뜻대로 되지 않아 좌절하던 중 남미의 파라과이로 봉사활동을 떠난다. 영광이 도착한 곳은 사막에 외떨어진 인디오 마을! 책은커녕 교과서도 없이 공부하는 아이들을 보고 영광은 주민을 설득해 함께 도서관을 만들어 간다.

강창훈 글 | 김현영 그림 | 168쪽 | 값 10,000원

★ 학교도서관사서협의회 추천도서 ★ 아침독서 추천도서

[교과 연계] 4-2 도덕 5. 하나 되는 우리 | 6-2 사회 1. 세계 여러 나라의 자연과 문화

우리가 여기 먼저 살았다

동네와 이웃을 지키려는 아이들의 특별한 성장담

오래된 동네가 재개발되거나 상권이 되살아나면서, 원래 살던 사람들이 내몰리게 되는 현상인 '젠트리피케이션'을 주제로 한 동화. 동네를 재개발한다는 건 무슨 뜻인지, 다른 동네로 이사하는 게 왜 안 좋은 일인지 스스로 답을 찾아내는 아이들의 끈기와 용기가 잔잔한 감동을 선사한다.

크리스털 D. 자일스 글 | 이지후 그림 | 김루시아 옮김 | 300쪽 | 15,000원

★ 서울시교육청 어린이도서관 겨울방학 권장도서
★ 미국도서관협회 블랙 코커스 선정 최우수 도서
★ 주니어 라이브러리 길드 선정 최우수 도서

[교과연계] 5-2 국어 3. 의견을 조정하며 토의해요 | 6-1 국어 4. 주장과 근거를 판단해요

룰스

세상에서 가장 사랑스럽고, 다정하고, 이상한 규칙!

캐서린이 원하는 건 오로지 평범한 생활이지만, 자폐 스펙트럼 장애가 있는 동생 데이비드와 함께하는 일상 속에서 그 바람이 이루어지기란 불가능에 가깝다. '늦는다고 안 오는 건 아니다'에서부터 '사람들이 있는 데서는 바지를 벗지 않는다'에 이르기까지, 캐서린은 데이비드에게 타인과 함께 살아가는 방법을 가르쳐 주기 애쓴다.

신시아 로드 글 | 천미나 옮김 | 248쪽 | 16,800원

★ 뉴베리 아너 수상작   ★ 슈나이더 패밀리 북 어워드 수상작
★ 미시간도서관협회 미튼 어워드 수상작   ★ 미국도서관협회 주목할 만한 어린이책
★ 뱅크 스트리트 교육대학 올해의 어린이책

[교과연계] 5-1 사회 3. 인권 존중과 정의로운 사회 | 6-2 국어 1. 작품 속 인물과 나

출간 예정

바람의 전쟁(가제) 빅토리아 윌리엄슨 글

풍력 터빈이 설치된 섬 마을에서 일어나는 미스터리

서바이벌 재난 동화 시리즈

우리나라에서 실제로 일어났던 재난을 바탕으로 만든,
새로운 한국형 재난 동화.
재난을 극복한 주인공을 통해 시련을 견디는 힘을 기르고,
주변 사람들과의 연대감을 되새긴다.

2023년 출간

백두산이 폭발한다!

946년 백두산 대폭발

946년에 있었던 백두산 대폭발을 소재로 작가의 역사적 상상력을 더해 당시의 상황을 생생하게 되살린 재난 동화. 백두산에서 그리 멀지 않은 마을에 살던, 멸망한 발해의 왕족 무록이 거란의 노예로 끌려가던 중 백두산이 폭발한다. 재난의 한복판에서 펼쳐지는 박진감 넘치는 이야기가 손에 땀을 쥐게 한다.

김해등 글 | 다나 그림 | 140쪽 | 14,500원

★ 중소출판사 출판콘텐츠 창작 지원 사업 선정도서

[교과연계] 4-2 국어-가 이야기 속 세상 | 4-2 과학 화산과 지진 | 5-1 사회 국토와 우리 생활

출간 예정

2. 장대비가 쏟아진다!(가제) - 1998년 지리산 폭우 최형미 글 | 전진경 그림

3. 멧돼지가 나타났다!(가제) - 2021년 멧돼지 학교 출몰 이정아 글 | 이다혜 그림

4. 검은 바다가 밀려온다!(가제) - 2007년 서해안 기름 유출 최은영 글

5. 조선이 위험하다!(가제) - 1670~1671년 경신 대기근 정명섭 글

내가 만난 재난 시리즈

실제 사건을 바탕으로 한 흥미진진한 재난 동화.
끔찍한 재난에서 살아남은 아이들의 이야기를 통해
재난에 슬기롭게 대처하는 감각과
평화롭고 안전한 세상을 만들어 가는 자세를 배운다.

★ <뉴욕타임스> 베스트셀러 시리즈 ★ 3천만 부 판매 시리즈
★ 페어런츠 초이스 영예상 수상도서

로렌 타시스 글 | 스콧 도슨 그림 | 신재일·오현주 옮김 | 각권 96~156쪽 | 각권 값 9,500~10,500원

검은 파도가 몰려온다

2011년 동일본대지진과 쓰나미

아빠가 갑작스런 사고로 세상을 떠난 뒤, 벤은 가족과 함께 아빠의 고향인 일본의 작은 바닷가 마을에 간다. 어느 날 오후, 벤의 가족이 머물고 있던 삼촌의 집이 갑자기 뒤흔들린다. 강력한 지진이 일어난 것이다! 하지만 그것이 끝이 아니었다. 곧 거대한 쓰나미가 들이닥쳐 벤과 가족을 휩쓸어 버린다. 벤은 엄청난 재난 속에서 살아남을 수 있을까?

[교과 연계] 4-1 국어-가 1. 생각과 느낌을 나누어요 | 6-2 사회 1. 세계 여러 나라의 자연과 문화

★ 페어런츠 초이스 영예상 수상도서

얼음 바다가 삼킨 배

1912년 타이타닉 호의 침몰

세계 최대 유람선 타이타닉 호에 오른 조지는 아무리 돌아다녀도 끝이 보이지 않는 배 안을 휘젓고 다닌다. 그런데 화물칸에 숨어든 순간 굉음과 함께 배가 크게 흔들린다. 사방에서 새어 들어오는 물을 헤치고 출구를 찾아 헤매는 조지. 과연 조지는 무사히 탈출할 수 있을까?

[교과 연계] 4-1 국어-가 1. 생각과 느낌을 나누어요 | 6-2 사회 1. 세계 여러 나라의 자연과 문화

산이 끓어오른다

79년 폼페이의 화산 폭발

고대 도시 폼페이를 한순간에 멸망시킨 베수비오 산 폭발, 그 현장을 생생하게 느낄 수 있는 과거로의 시간 여행! 인류 역사상 가장 끔찍한 화산 폭발로 기억되는 폼페이 베수비오 산 폭발을 소재로 삼았다. 화산 폭발에서 살아나온 노예 소년 마르쿠스의 눈으로 화산이 폭발하기 전후의 상황이 내밀하게 그려졌다.

[교과 연계] 4-1 국어-가 1. 생각과 느낌을 나누어요 | 6-2 사회 1. 세계 여러 나라의 자연과 문화

거센 비바람이 몰아친다

2005년 허리케인 카트리나

미국의 오랜 항구 도시 뉴올리언스를 한순간에 폐허로 만든 허리케인 카트리나를 소재로 삼았다. 비바람을 헤치고 물바다 속에서 살아남은 소년의 눈을 통해 카트리나의 위력을 간접적으로나마 실감할 수 있다. 카트리나의 모습을 사실적으로 묘사하면서 재난에 대처하는 사람들의 다양한 면모를 한 편의 동화로 구성하여 재난 상황을 좀 더 입체적으로 다룬다.

[교과 연계] 4-1 국어-가 1. 생각과 느낌을 나누어요 | 6-2 사회 1. 세계 여러 나라의 자연과 문화

쌍둥이 빌딩이 무너진다

2001년 9·11 테러

미국의 9·11 테러를 소재로 삼은 역사 동화. 세계 무역 센터가 비행기 공격을 받아 무너져 내리는 과정을 가까이에서 목격한 루카스의 목소리를 빌려, 테러 순간부터 테러가 일어난 지 두 달 뒤까지의 상황을 들려준다. 어린이라고 예외가 되지 않는 무차별한 테러의 속성을 있는 그대로 보여 주고, 테러가 인간이 일으키는 얼마나 어리석은 재난인지 생각하게 한다.

[교과 연계] 4-1 국어-가 1. 생각과 느낌을 나누어요 | 6-2 사회 1. 세계 여러 나라의 자연과 문화

식인 상어가 다가온다

1916년 상어의 습격

1916년 7월 미국 뉴저지에서 일어난 상어의 습격을 소재로 한 동화. 마을의 작은 강을 찾은 쳇 앞에 상어가 나타난다! 쳇은 칼날 같은 이빨을 번쩍이며 다가오는 상어를 보고는 공포에 질려 겨우 강을 벗어난다. 곧장 강에서 놀던 친구들에게 경고하지만 친구들은 쳇의 말을 믿지 않는데…….

[교과 연계] 4-1 국어-가 1. 생각과 느낌을 나누어요 | 6-2 사회 1. 세계 여러 나라의 자연과 문화

기습 공격이 시작된다

1941년 진주만 공격

1941년 12월 하와이 진주만에서 일어난 기습 공격을 소재로 한 동화. 어느 날 아침, 대니는 하늘에 빼곡한 공격기를 발견한다. 그 순간, 굉음과 함께 군함에서 불길이 치솟더니 공습경보가 울리기 시작한다. 대니는 공군 기지에서 일하는 엄마를 찾기 위해 무작정 달려간다.

[교과 연계] 4-1 국어-가 1. 생각과 느낌을 나누어요 | 6-2 사회 1. 세계 여러 나라의 자연과 문화

눈 폭풍이 휘몰아친다

1888년 다코타 눈 폭풍

1888년 1월, 미국 서부에서 수많은 어린이들의 목숨을 빼앗은 눈 폭풍을 소재로 한 동화. 학교에서 신나는 시간을 보내던 존은 갑자기 눈 폭풍이 휘몰아치기 시작하자 학교 건물로 대피한다. 하지만 거센 눈 폭풍에 창문이 산산이 부서지고, 눈과 얼음이 쏟아져 들어온다.

[교과 연계] 4-1 국어-가 1. 생각과 느낌을 나누어요 | 6-2 사회 1. 세계 여러 나라의 자연과 문화

성난 불곰이 울부짖는다

1967년 불곰의 공격

1967년 8월, 미국 글레이셔 국립 공원에서 발생한 불곰의 습격을 소재로 한 동화. 국립 공원 안에 있는 통나무집에서 휴가를 보내던 멜로디 앞에 불곰이 나타난다. 곰은 집까지 따라와 온몸으로 문을 들이받는다. 다음 날 관리소를 찾은 멜로디는 불곰에게 심상치 않은 일이 일어나고 있다는 사실을 알게 된다.

[교과 연계] 4-1 국어-가 1. 생각과 느낌을 나누어요 | 6-2 사회 1. 세계 여러 나라의 자연과 문화

붉은 불길이 덮쳐 온다

2018년 캘리포니아 산불

2018년 미국 캘리포니아에서 일어난 산불을 소재로 한 동화. 조시는 엄마와 캘리포니아에 있는 사촌 홀리네 집으로 휴가를 떠난다. 조시와 홀리가 숲속에 있던 어느 날, 어디선가 연기 냄새가 난다. 그리고 둘은 곧 벽처럼 높이 치솟은 불길을 마주한다.

[교과 연계] 4-1 국어-가 1. 생각과 느낌을 나누어요 | 6-2 사회 1. 세계 여러 나라의 자연과 문화

놀라운 한 그릇 시리즈

어린이를 위한 먹거리 인문서.
어린이와 어른이 함께 먹거리를 만드는 과정을 따라가면서
먹거리에 얽힌 역사와 문화, 과학적 지식을 통합적으로 익힐 수 있다.

✻ 한우리 필독도서　✻ 아침독서 추천도서　✻ 학교도서관저널 추천도서
✻ 서울시교육청 어린이도서관 사서 추천도서

떡볶이 공부책

만들면서 배우는 떡볶이의 모든 것

엄마와 아이가 함께 떡볶이를 만드는 과정을 따라가면서 떡볶이에 얽힌 역사와 문화, 과학적 지식을 통합적으로 익힐 수 있는 책. 떡의 역사와 떡 만드는 과정, 떡을 이용한 다른 나라 음식, 떡볶이의 유래 등을 알아본다. 주요 재료의 영양 정보를 담아, 제대로 만든다면 떡볶이가 영양 가득한 음식이라는 사실을 강조한다.

정원 글 | 경혜원 그림 | 56쪽 | 12,000원 [교과 연계] 3-2 사회 1.환경에 따라 다른 모습

★ 한우리 필독도서 ★ 아침독서 추천도서

짜장면 공부책

만들면서 배우는 짜장면의 모든 것

짜장면 한 그릇에는 흥미진진한 지식들이 담겨 있다. 우리가 먹는 짜장면은 왜 중국 사람들이 먹는 것과 맛이 다른지, 수타면의 면발은 왜 끊어질 듯 끊어지지 않고 쫄깃한지, 짜장면에 식초를 넣으면 왜 맛이 달라지는지 등. 이 책을 읽으면 짜장면에 얽힌 역사, 문화, 과학 지식들을 통합적으로 익힐 수 있다.

정원 글 | 경혜원 그림 | 76쪽 | 12,500원 [교과 연계] 3-2 사회 1.환경에 따라 다른 모습

★ 학교도서관저널 추천도서 ★ 서울시교육청 어린이도서관 사서 추천도서

아이스크림 공부책

만들면서 배우는 아이스크림의 모든 것

냉장고가 없던 시절에는 아이스크림을 어떻게 만들어 먹었는지, 아이스크림콘은 언제 탄생했는지, 예전에는 왜 약국에서 아이스크림을 팔았는지 등 아이스크림에 얽힌 여러 나라의 역사, 문화, 과학 지식들을 한꺼번에 얻을 수 있는 책. 어린이들이 직접 아이스크림을 따라 만들 수 있도록, 간단한 레시피와 그림을 함께 구성했다.

정원 글 | 박지윤 그림 | 72쪽 | 13,000원 [교과연계] 3-2 사회 1.환경에 따라 다른 모습

★ 학교도서관저널 추천도서

햄버거 공부책

만들면서 배우는 햄버거의 모든 것

이 책에는 타타르족이 즐겨 먹던 고기가 어떻게 독일을 거쳐 지금의 햄버거가 되었는지, 햄버거 속 재료들을 어떤 순서로 조립해야 하는지, 햄버거에 쓰는 빵은 다른 빵과 어떻게 다른지 등 햄버거에 얽힌 여러 나라의 역사, 문화, 과학 지식이 골고루 담겨 있다. 햄버거를 만드는 단계마다 그림과 간단한 레시피를 곁들여 어린이들도 따라 만들기 쉽도록 구성했다.

정원 글 | 박지윤 그림 | 72쪽 | 13,000원 [교과연계] 3-2 사회 1.환경에 따라 다른 모습

★ 학교도서관저널 추천도서 ★ 한우리 필독도서 ★ 아침독서 추천도서

출간 예정 · **라면 공부책** 정원 글

더불어 사는 지구

세계 여러 나라 사람들과 함께 지구에서 더불어 잘 살기 위해
생각해 보아야 할 환경과 생태, 평화 등의 주제를 다루는 시리즈이다.

● 작은 발걸음 큰 변화 시리즈
● 평화를 배우는 교실 시리즈
● 단행본

작은 발걸음 큰 변화 시리즈

'인간은 지구와 어떻게 관계 맺어야 할까?'에 대한 지혜를 전하는 시리즈.
각 권마다 해당 주제에 대해 역사, 현재의 실태,
더 나은 미래를 위한 대안까지 제시한다.
다채로운 사진 자료는 어린이들의 호기심을 불러일으킨다.

미셸 멀더 외 글 | 현혜진 외 옮김 | 각권 70쪽 내외 | 각권 9,500~12,500원

페달을 밟아라!

세상을 바꾼 자전거 이야기

자전거가 어떤 변화를 거쳐 지금처럼 편안하고 안전한 탈것이 되었는지, 자전거가 세계의 문화와 환경, 탈것에 어떤 영향을 끼쳤는지 살펴본다. 특히 자전거가 여성의 패션과 인권 발전에 어떤 영향을 주었고, 자전거의 단순한 조작 원리가 그보다 엄청나게 복잡한 자동차와 비행기 발명에 어떻게 결정적인 역할을 했는지 풍부한 사진과 에피소드로 소개한다.

★ 캐나다어린이도서센터 선정 2013년 '올해 최고의 책'
★ 리소스 링크스 선정 2013년 '올해 최고의 책' ★ 아침독서 추천도서
★ 경기도학교도서관사서협의회 추천도서 ★ 어린이도서연구회 추천도서

[교과 연계] 3-1 사회 3. 교통과 통신 수단의 변화

우리가 먹는 음식은 어디에서 올까?

아이들이 함께하는 작은 농장 이야기

세계의 아이들이 크고 작은 농장과 농사 현장에 참여하는 이야기. 먹거리 생산 과정에 대한 정보뿐만 아니라, 왜 유기농 농작물이 비싼지, 왜 다양한 품종의 작물과 가축이 있어야 하는지, 동물 복지가 무엇인지, 싼 값에 팔리는 농작물이 무조건 좋은 것이지, 고기를 지나치게 많이 먹는 것은 아닌지 생각해 보게 한다.

★ 리소스 링크스 선정 2013년 '올해 최고의 책'
★ 경기도학교도서관사서협의회 추천도서

[교과연계] 4-2 사회 2. 필요한 것의 생산과 교환

축구공으로 불을 밝혀라!

사람과 환경 모두에게 좋은 에너지 이야기

태양 에너지, 지열 에너지, 물 에너지, 바람 에너지 같은 재생 에너지에 대해 소개한다. 특히 세계 곳곳에서 창의적인 방법으로 일상생활에 필요한 에너지를 얻고 있는 사람들의 이야기가 실려 있어 눈길을 끈다. 이런 다채로운 에너지는 호기심 많은 어린이들이 주변을 둘러보고 세상을 밝힐 새롭고 지속 가능한 방법을 찾도록 격려한다.

이유진(에너지기후정책연구소 연구 기획위원) 감수

★ 리소스 링크스 선정 2013년 '올해 최고의 책' ★ 학교도서관저널 선정 이달의 책
★ 아침독서 추천도서 ★ 경기도학교도서관사서협의회 추천도서

[교과 연계] 5-2 과학 4. 물체의 운동 | 6-2 과학 5. 에너지와 생활

내 친구는 왜 목이 마를까?

목마른 세계를 살리는 물 이야기

이 책은 지구상의 모든 사람들에게 깨끗한 물을 마실 권리가 공평하게 주어지지 않는 까닭을 알아보고, 목마름으로 고통 받는 사람들을 위해 세계 곳곳에서 어린이를 비롯해 수많은 사람들이 나서서 하고 있는 일을 소개한다. 물을 절약하고 깨끗이 쓰는 방법, 물의 순환을 돕는 방법은 물론, 사람들에게 물 부족 상황을 알리고 나서서 활동하는 적극적인 방법도 실려 있다.

★ 경기도학교도서관사서협의회 추천도서

[교과연계] 4-2 과학 5. 물의 여행

다른 나라 아이들은 어떤 집에 살까?

세계의 다양한 집 이야기

구석기 시대부터 현대까지 세계 곳곳의 사람들이 어떻게 집을 지어 왔는지 살펴보면서 집의 의미를 되새겨 본다. 또한 자연과 공존했던 전통 양식의 집에 비해 오늘날의 집이 화석 연료를 지나치게 많이 소비해 환경을 해친다는 사실을 전하며, 앞으로는 집을 어떻게 짓고 유지해야 하는지 아이들의 상상력을 이끌어 낸다.

★ 학교도서관사서협의회 추천도서 ★ 아침독서 추천도서

[교과연계] 4-2 사회 3. 사회 변화와 문화의 다양성

쓰레기통에 숨은 보물을 찾아라!

줄이고 다시 쓰는 '제로 쓰레기' 이야기

어린이 눈높이에 맞춰 쓰레기 문제를 알기 쉽게 소개한 책. 고대 문명의 쓰레기 구덩이부터 오늘날 바다로 흘러드는 어마어마한 쓰레기에 이르기까지 쓰레기의 역사를 살펴보고, 전 세계 사람들이 쓰레기를 활용하는 기발한 방법을 소개한다. 저자는 쓰레기 문제의 유일한 해결책은 쓰레기를 아예 만들지 않는 것이며, 이를 위한 실천 사례들을 알려 준다.

★ 서울시교육청 어린이도서관 권장도서 ★ 학교도서관저널 선정 이달의 책
★ 학교도서관사서협의회 추천도서 ★ 아침독서 추천도서

[교과 연계] 3-2 도덕 5. 함께 지키는 행복한 세상

사라지는 벌을 지켜라!

지구의 먹거리를 책임지는 작은 영웅 벌 이야기

벌의 생태와 생활 양식에 관한 안내서. 벌이 인간의 삶에 어떤 선물을 주는지 들려준 다음, 벌이 빠르게 사라지고 있는 현실과 그 원인을 알아본다. 이 책은 궁지에 몰린 벌의 처지를 보여 주면서 오랫동안 이 작은 곤충에게 받은 도움을 잊고 지나친 욕심을 부리는 인류에 경각심을 일깨운다. 그리고 벌을 보호하기 위해 할 수 있는 일을 지금이라도 시작해 보라고 권한다.

김태우(국립생물자연관 연구원) 감수

★ 학교도서관저널 선정 이달의 책 ★ 서울시교육청도서관 사서 추천도서
★ 학교도서관사서협의회 추천도서

[교과연계] 5-2 과학 2. 생물과 환경

나무는 어떻게 지구를 구할까?

생태계를 지키는 녹색 친구 나무 이야기

이 책은 나무의 생태, 가치, 쓰임새 등을 흙, 물, 공기, 불이라는 4가지 요소로 나누어 나무가 생태계에서 어떤 역할을 하는지, 인간에게 어떤 영향을 미치는지 설명한다. 인류가 나무 없이는 한시도 살아갈 수 없다는 사실을 다양한 각도에서 일깨운다. 나무 이야기 하나로 어린이 독자가 지구의 모든 생명체가 그물처럼 이어져 있다는 것을 이해하기에 좋다.

[교과연계] 5-2 과학 2. 생물과 환경

어떻게 소비해야 모두가 행복할까?

바꿔 쓰고 나눠 쓰는 공유 경제 이야기

어린이의 눈높이에 맞춰 소비가 지구 환경에 어떤 영향을 주는지, 물건을 덜 사면 세상이 어떻게 달라지는지 이야기한다. 물물 교환을 하던 인류가 공장에서 만든 물건을 사서 쓰게 된 역사, 더 많이 사기 위해 더 많이 일하는 현대인의 역설적인 모습을 살펴보고, 바꿔 쓰고 나눠 쓰는 공유 경제를 실천하는 사람들과 여럿이 더불어 사는 다양한 방법을 소개한다.

★ 한국출판문화산업진흥원 청소년 권장도서 ★ 학교도서관저널 선정 이달의 책
★ 환경책큰잔치 선정 올해의 어린이 환경책 ★ 캐나다어린이도서관협회 추천도서
★ 녹색지구도서상 어린이 논픽션 부문 수상도서

[교과연계] 4-2 사회 2. 필요한 것의 생산과 교환

실험실에서 만든 햄버거는 무슨 맛일까?

도시 농장부터 식용 곤충까지 지속 가능한 식량 이야기

먹거리 하나하나가 환경과 인간에게 커다란 영향을 미친다는 사실, 건강하게 자란 먹거리를 소비하는 것이 세계 식량의 생산과 소비 문제에 긍정적인 영향을 미칠 수 있다는 사실을 이해할 수 있는 책. 어린이 독자 스스로 환경을 해치지 않고 우리 몸에도 좋은 건강한 먹거리는 무엇인지 생각하게 한다.

★ 한국출판문화산업진흥원 청소년 권장도서 ★ 학교도서관저널 선정 이달의 책
★ 학교도서관사서협의회 추천도서

[교과연계] 5-1 과학 5. 다양한 생물과 우리 생활

카카오 농부는 왜 초콜릿을 사 먹지 못할까?

생산자와 소비자가 함께 웃는 공정무역 이야기

이 책은 이제 막 소비의 세계로 들어선 어린이들에게 우리가 사들이는 상품이 누구의 손으로 어떻게 만들어졌고, 어떻게 우리에게 왔는지에 관심을 기울이도록 이끈다. 그리고 우리가 값이 싸다고 쉽게 사들이는 행위가 세계에 어떤 영향을 미치는지, 값싼 상품이 생산자에게 적절한 이윤을 주는지, 과연 무엇이 슬기로운 소비인지 생각하게 한다.

★ 한우리 필독도서 ★ 학교도서관저널 추천도서

[교과연계] 4-2 사회 2. 필요한 것의 생산과 교환

사슴은 왜 도시로 나왔을까?

빌딩 숲으로 자연을 불러들이는 도시 이야기

이 책은 도시의 탄생이 자연과 인류의 관계를 어떻게 달라지게 했는지, 생태계와 인류의 삶에 어떤 영향을 미쳤는지를 다루며 인류가 자연과 공존하는 방향으로 나아가려는 다양한 움직임을 소개한다. 책 속에 소개된 여러 나라의 생태계 보전과 녹색 도시 전환에 대한 사례는 어린 독자들로 하여금 우리가 할 수 있는 일이 무엇인지 주변에서 살펴보는 계기를 마련해 준다.

[교과연계] 5-2 과학 2. 생물과 환경

우리는 왜 친구가 필요할까?

우정과 연대의 가치를 배우는 다양한 공동체 이야기

사람이 처음 마주하는 공동체인 가족을 비롯해 이웃과 학교 같은 작은 단위부터 종교와 인종, 취미, 직업 등 다양한 공통분모로 모인 커다란 단체나 조직에 이르기까지 오늘날 세계에 존재하는 각종 공동체를 소개한다. 어리지만 동시대를 사는 공동체의 일원으로서 어린이들이 남과 더불어 잘 살아가는 방법을 제시하고 실천한 사례도 볼 수 있다.

★ 캐나다어린이도서센터 '최고의 도서' 선정

[교과연계] 4-2 도덕 4. 힘과 마음을 모아서

이웃끼리 똘똘 뭉치면 무슨 일이 생길까?

사람과 사람을 이어 주는 도시 공동체 이야기

전 세계에서 활발히 일어나고 있는, 다양한 도시 속 공동체 만들기의 현장으로 독자들을 이끄는 책. 저자는 종전의 이웃 관계와 도시 환경에 의문을 제기하고, 누구나 스스로 살기 좋은 마을 만들기에 나서도록 격려한다. 또한 아이들이 적극적으로 나서서 동네를 바꾸어 가는 사례를 소개하며, 어린이와 청소년이 스스로 권리를 찾아나가도록 독려한다.

★ 한우리 필독도서

[교과연계] 4-2 도덕 5. 하나 되는 우리

보글보글 비눗방울은 무엇으로 만들어질까?

생활 속 놀라운 화학 물질 이야기

일상생활과 지구 곳곳을 아우르는 화학 물질의 세계로 독자들을 이끈다. 갖가지 화학 물질이 우리 삶 속에 어떻게 들어와 있는지, 무슨 일을 하는지, 함부로 쓰였을 때 어떤 일이 벌어지는지 알 수 있다. 저자는 어린 독자들이 화학 물질을 제대로 알게 되면 앞으로 좀 더 바르게 사용하고, 좀 더 덜 쓰는 노력이 세계 곳곳에서 일어날 것이라고 기대한다.

★ 미국도서관협회 주니어 라이브러리 길드 추천도서

[교과연계] 3-1 과학 2. 물질의 성질

지구의 주인은 누구일까?

모든 생명체가 자원을 공정하게 나누는 상생 이야기

인류 문명이 시작된 이래 세계 인구가 얼마나 늘었는지, 그 과정에서 어떤 문제가 벌어지는지, 그런 문제를 해결하고 더 심각한 상태에 접어들지 않으려면 우리가 어떻게 해야 하는지 알려준다. 저자는 인구 과잉과 인류의 자원 독점이라는 어려운 주제를 어린 독자들에게 환기시키면서, 독자가 자신이 있는 곳에서 스스로 할 수 있는 일을 찾아 나서게 독려한다.

★ 캐나다어린이도서센터 추천도서 ★ 청소년 북토큰 선정도서

[교과연계] 4-2 도덕 6. 함께 꿈꾸는 무지개 세상

모기 침을 닮은 주삿바늘은 왜 안 아플까?

자연에서 힌트를 얻어 지구를 건강하게 되살리는 생체 모방 이야기

이 책은 자연이 가진 훌륭한 비법을 소개한다. 햇빛과 물만으로 자라는 초록 잎사귀, 물이 스며들지 않고 공기도 잘 통하며 튼튼한 데다 아름답기까지 한 곤충의 외골격, 열이나 독성 쓰레기 없이 몸속 물질로 은은한 빛을 내는 반딧불이……. 더불어 자연에서 배운 것을 삶에 적용시키려는 사람들이 만들어낸 기발한 발명품이 소개되어 있다.

[교과연계] 5-1 과학 5. 다양한 생물과 우리 생활

숲을 집어삼킨 칡덩굴은 어디에서 온 걸까?

생태계 구석구석을 바꿔 놓는 침입종 이야기

침입종은 지구 곳곳에서 생태계와 생물 다양성을 위협하고 있다. 저자는 버마비단뱀, 고양이, 노랑미친개미 같은 전 세계의 악명 높은 침입종들을 소개하면서, 가장 최악의 침입종은 인류라고 말한다. 수많은 생물종은 어떻게, 무슨 이유로 침입종이 되는지, 그 확산을 막을 방법은 무엇인지, 이미 우리 삶의 일부가 된 침입종을 이제 달리 생각할 때가 되지 않았는지 차근차근 살펴본다.

민미숙(서울대 수의과대학 연구교수) 감수

★ 학교도서관저널 추천도서 ★ 미국도서관협회 주니어 라이브러리 길드 추천도서

[교과연계] 5-2 과학 2. 생물과 환경

오늘은 유행, 내일은 쓰레기?

멋을 포기하지 않고 지구를 살리는 옷 입기

패션에 얽힌 갖가지 정보를 풍부하게 담았다. 옷의 대량 생산과 소비
가 어떠한 재앙을 불러왔는지 소개하고, 화려함과 편리함으로 포장
된 패션 산업의 이면에 숨겨진 끔찍한 문제를 보여 준다. 지구를 더
이상 망가뜨리지 않으면서도 멋있게 옷을 입을 수 있는 방법을 알려
주어, 어린이들이 옷을 살 때 올바른 선택을 할 수 있도록 돕는다.

[교과 연계] 3-2 도덕 5.함께 지키는 행복한 세상

자율 주행차가 교통 문제를 해결한다면?

사람과 지구를 되살리는 교통수단 이야기

수많은 교통수단이 환경에 미치는 영향을 보여 주고, 지구환경이 더
나빠지기 전에 무엇을 해야 할지 생각하게 주는 책. 교통 문제를 해
결하려는 세계 곳곳의 다양한 움직임을 볼 수 있다. 교통수단에 관련
된 흥미로운 사실, 교통 문제를 풀어 나가는 좋은 사례, 새로운 교통
수단과 기술을 소개하는 알찬 정보책.

[교과 연계] 3-1 사회 교통과 통신 수단의 변화

**2023년
출간**

숲에 자동차 소리가 울려 퍼지면?

건강한 지구를 위해 지켜야 할 자연의 소리

생태계 균형을 되찾는 방법으로 '자연의 소리'에 귀 기울이기를 제안
하는 책. 자연의 소리에 귀를 기울이면 자연의 상태를 정확하게 파악
할 수 있고, 위기 속에서도 살아남은 자연의 절묘한 생존 비법을 배
울 수 있다. 이 책은 우주 탄생의 소리부터 시작하여 '소리 풍경'이라
는 생소한 주제에 이르기까지 우리 주변의 소리에 관심을 가지고 탐
색하는 길을 안내한다.

★ 녹색지구도서상 어린이 논픽션 부문 추천도서

[교과연계] 5-1 과학 5. 다양한 생물과 우리 생활 | 5-2 과학 2. 생물과 환경

작은 발걸음 큰 변화 (전 20권)

사회와 과학이 만났다!

"자신이 사는 삶터의 문제를 풀어가기 위해
어린이들이 직접 발 벗고 나서서 새로운 가능성을 모색한
생생한 사례가 담긴 시리즈입니다.
사회와 과학을 넘나들면서 빠르게 변화하는 세계와 마주해 보세요!"

배성호(전국초등사회교과모임 공동대표)

시리즈 A, B세트를
구매하시면
활동지 책자를
선물로 드려요!

미셸 멀더 외 글 | 현혜진 외 옮김 | 전 20권 | 각권 70쪽 내외 | 각권 9,500~12,500원

작은 발걸음 큰 변화 **A세트** (1~10권) **101,000원**
작은 발걸음 큰 변화 **B세트** (11~20권) **109,000원**

평화를 배우는 교실 시리즈

평화란 무엇이고, 폭력은 왜 무조건 반대해야 하는지,
비폭력으로 평화를 이룬 사람들은 누구인지, 전쟁은 왜 일어나고,
평화로운 사회를 위해 우리는 무엇을 할 수 있는지
구체적인 사례와 알기 쉬운 글로 설명한 시리즈.

문화관광부 우수교양도서   평화박물관 선정 어린이 평화책

이와카와 나오키 외 글 | 모리 마사유키 외 그림 | 김규태·구계원·정은지 옮김 | 64쪽 안팎 | 각권 값 8,500원

사람들은 왜 싸울까?
시로 쓴 평화의 노래, 평화의 문화

평화에 관해 이야기를 나눌 수 있
도록 실마리를 제공하는 평화 길
잡이 책.

3-1 도덕 1. 나와 너, 우리 함께

평화는 어디에서 올까?
생활 속에서 배우는 평화

다툼, 몸싸움, 차별, 왕따 같은 문
제를 잘 풀면 평화를 배울 수 있
다고 말한다.

3-2 도덕 5. 함께 지키는 행복한 세상

전쟁은 왜 되풀이될까?
전쟁과 평화의 역사

전쟁이 왜 일어났는지 잘 아는 것
도 전쟁을 사라지게 하는 길이기
에 전쟁의 역사를 살펴본다.

3-2 도덕 6. 생명을 존중하는 우리

평화를 지킨 사람들
비폭력으로 전쟁과 폭력에 맞선 사람들

간디나 마틴 루서 킹 목사를 비롯한 수
많은 인물들이 실려 있다.

4-2 도덕 5. 하나 되는 우리

우리는 평화를 사랑해요
평화를 외치는 세계 곳곳의 목소리

평화를 이루기 위해 행동하는 전 세계
다양한 사람들을 소개한다.

4-2 도덕 6. 함께 꿈꾸는 무지개 세상

책 따라 친구 따라 지구 한 바퀴

책으로 만나는 세계 친구들

도서관에서 어린이들과 함께 책 놀이 프로그램을 진행한 저자의 활동을 모았다. 17개 나라의 책을 소개하고, 각 나라에 사는 어린이가 그 나라의 환경과 문화를 알려주어 책을 더 깊이 이해하도록 돕는다. 책을 읽고 나서는 책의 내용이나 각 나라의 특징에 맞는 놀이를 정해 아이들이 마음껏 놀 수 있게 꾸몄다.

최지혜 글 | 손령숙·유재이 그림 | 180쪽 | 값 9,500원

★ 경기도학교도서관사서협의회 추천도서 ★ 학교도서관저널 추천도서

[교과연계] 4-2 국어 7. 독서 감상문을 써요

신통방통 에너지를 찾아 떠난 이상한 나라의 까만 망토

새로운 에너지 개발자로 자라날 어린이들의 에너지 입문서

판타지 동화 형식을 빌려 에너지는 무엇인지, 에너지가 왜 고갈되고 있는지, 에너지 문제를 해결할 대안은 무엇인지 알려준다. 정보 책을 어려워하는 어린이나 본격적으로 에너지 문제를 다룬 책을 읽기에 앞서 보다 쉽게 접근하고 싶은 어린이, 어린이와 에너지 문제를 두고 생각을 나누고 싶은 어른 모두에게 친절한 안내서가 될 것이다.

박경화 글 | 손령숙 그림 | 160쪽 | 값 9,500원

★ 아침독서 추천도서

[교과연계] 6-2 과학 5. 에너지와 생활

아빠와 함께 찾아가는 쓰레기산의 비밀

하늘공원 생태 체험 나들이

쓰레기 매립지에서 하늘공원으로 되살아난 난지도를 탐방하면서 나누는 아빠와 아이의 이야기. 하늘공원으로 바뀌기까지의 과정, 하늘공원의 생태와 여러 동식물에 얽힌 아빠의 어린 시절 이야기 등이 씨실과 날실처럼 서로 어우러져 자연과 환경의 소중함을 일깨워 준다.

서진석 글 | 이루다 그림 | 176쪽 | 값 9,500원

★ 학교도서관저널 선정 이달의 책

[교과연계] 5-1 사회 1. 국토와 우리 생활

어린이 모금가들의 좌충우돌 나눔 도전기

세계 여러 나라의 어린이 모금가 이야기

우리나라를 비롯해 세계의 여러 어린이 모금가들의 이야기를 소개한다. 아이들이 보여준 이웃을 돕고자 하는 진정어린 마음은 사회에 더욱 큰 감동을 준다. 나눔과 모금의 과정이 구체적이고 체계적으로 실려 있다. 모금을 통해 나눔의 가치, 연대의 가치, 우정의 가치를 배울 수 있다.

아름다운재단 기획 | 임주현 글 | 이우건 그림 | 140쪽 | 값 9,500원

★ 서울도서관 나눔문화컬렉션 추천도서   ★ 아침독서 추천도서
★ 학교도서관저널 추천도서

[교과연계] 6-1 도덕 2. 작은 손길이 모여 따뜻해지는 세상

경제 속에 숨은 광고 이야기

광고는 어떻게 아이들 마음을 빼앗을까?

각종 매체 광고가 어린이들의 의식과 행동에 어떤 영향을 주는지 수많은 사례를 들어 생생하게 설명함으로써 광고의 홍수 속에서 어린이들이 지혜로운 소비 생활을 할 수 있도록 도와주는 경제 교육서. 다소 어려운 주제를 드라큘라 캐릭터를 통해 쉽게 전한다.

프랑크 코쉠바 글 | 야요 가와루마 그림 | 강수돌 옮김 | 152쪽 | 값 9,500원

★ 아침독서 추천도서

[교과연계] 4-2 사회 2. 필요한 것의 생산과 교환

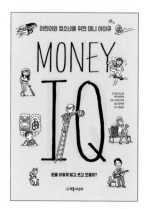

어린이와 청소년을 위한 머니 아이큐

돈을 어떻게 벌고 쓰고 모을까?

돈을 다루는 일에 똑똑해지면 앞으로 무엇을 할지 목표가 또렷해지고, 성취하는 즐거움을 알게 되어 저절로 자신감과 자부심이 높아진다. 기초적인 돈 관리 방법과 금융 지식을 소개해 재정 관리에 필요한 자기만의 노하우를 터득하도록 돕는 책.

샌디 도노반·에릭 브라운 글 | 스티브 마크 그림 | 송미영 옮김 | 156쪽 | 값 11,000원

★ 한우리 필독도서   ★ 학교도서관저널 선정 이달의 책
★ 아침독서 추천도서

[교과연계] 4-2 사회 2. 필요한 것의 생산과 교환 | 6-2 사회 2. 통일 한국의 미래와 지구촌의 평화

독일 친구들이 들려주는 별별 학교 이야기

독일 어린이들의 일상을 12가지 주제로 소개

독일 문화 중에서도 어린이들의 삶에 초점을 맞춘 책. 함부르크 한인학교 학생 셋이 자신의 이야기를 들려주는 식이라 독자들이 친근하게 귀 기울일 수 있다. 학교와 집에서 보내는 하루하루의 이야기를 듣다 보면 독일의 역사와 문화도 자연스레 알 수 있다. 독일 어린이들의 삶을 엿볼 수 있는 풍부한 사진과 그림은 이 책을 읽는 또 다른 즐거움이다.

조한옥 기획 | 고맹임 글 | 김현영 그림 | 108쪽 | 12,000원

★ 서울시교육청 어린이도서관 사서 추천도서

[교과연계] 6-2 사회 1. 세계 여러 나라의 자연과 문화

왜 생일 케이크에 촛불을 켤까?

세계의 신나는 생일 파티 속으로!

아이들에게 생일 파티는 다른 어느 파티나 명절보다 중요하다. 그런데 왜 생일에 케이크를 먹고 촛불을 부는 걸까? 다른 나라 사람들도 우리처럼 생일을 보낼까? 이 책은 다른 나라에서는 생일을 어떻게 보내는지, 과연 언제부터 생일을 챙기기 시작했는지, 왜 생일을 축하하게 되었는지 소개한다.

니키 테이트·대니 테이트-스트래튼 글 | 현혜진 옮김 | 84쪽 | 값 11,000원

★ 학교도서관사서협의회 추천도서

[교과연계] 4-2 사회 3. 사회 변화와 문화의 다양성

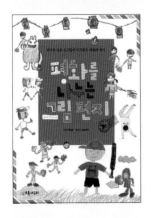

평화를 나누는 그림 편지

한국과 일본 친구들이 주고받은 희망의 편지

2011년부터 2015년까지 5년 동안 한국과 일본의 초등학생들이 서로의 일상과 문화를 알아 나가기 위해 주고받은 그림 편지. 자기소개, 하루 일과, 좋아하는 만화와 캐릭터, 여름 방학 생활, 운동회 등 소소한 이야기부터 전통문화, 장래희망, 평화에 대한 생각 등 깊이 있는 이야기까지 자연스레 주고받으면서 공감대를 이루었다.

배성호·요시다 히로하루 엮음 | 144쪽 | 값 11,000원

★ 한국출판문화산업진흥원 세종도서 선정도서 ★ 아침독서 추천도서
★ 서울시교육청도서관 사서 추천도서 ★ 학교도서관사서협의회 추천도서

[교과연계] 4-2 도덕 6. 함께 꿈꾸는 무지개 세상 | 6-2 도덕 6. 함께 살아가는 지구촌

다른 나라 아이들은 무슨 놀이를 할까?

세계 어린이들이 좋아하는 놀이 여행

한창 또래와 어울려 노는 재미를 만끽하는 초등학교 저학년 어린이들에게 세계 여러 나라 아이들의 놀이를 생동감 넘치는 그림과 함께 소개한다. 5개 대륙 21개 나라의 놀이가 실려 있다. 놀이는 저마다 인원, 재료, 방법이 차근차근 소개되어 있다.

니콜라 베르거 글 | 이나 보름스 그림 | 윤혜정 옮김 | 60쪽 | 값 11,000원

★ 학교도서관저널 선정 이달의 책 ★ 학교도서관사서협의회 추천도서

[교과연계] 4-2 도덕 4. 힘과 마음을 모아서

과학의 거인들 시리즈

'과학 혁명'을 이끈 천재 과학자들의 업적,
그리고 그보다 흥미진진한 뒷이야기.
과학적 성취를 이루어 내기 위해 벌인 모험과 모순된 모습이
그들이 살았던 시대 상황과 함께 면밀하고 생생하게 펼쳐진다.

★한국간행물윤리위원회 청소년 권장도서 　★국립어린이청소년도서관 사서 추천도서
★학교도서관저널 선정 이달의 책 　★미국도서관협회(ALA) 선정 우수도서
★미국국립과학교사협회 선정 우수도서 　★뉴욕 공공 도서관 선정 '십대들을 위한 도서'
★스쿨 라이브러리 저널, 북리스트, 보야(VOYA) 선정 우수도서

캐슬린 크럴 글 | 보리스 쿨리코프 그림 | 장석봉·김수희·이효숙·양진희 옮김
정성현(전국과학교사모임 회장) 감수 | 150쪽 안팎 | 각권 값 9,500원

다빈치 과학의 시대로 가는 다리가 되다

시대의 아웃사이더, 과학의 거인이 되다!

예술가 다빈치가 아닌, 과학자 다빈치의 삶과 탐구에의 열정에 초점을 맞춘 책. 과학적 업적은 셀 수 없을 만큼 많지만, 왼손잡이에다 사생아였으며 동성애자였던 다빈치는 항상 주류에서 벗어나 있었다. 사회적 평가와 상관없이 지칠 줄 모르고 자연세계를 탐구했던 선구적 과학자 다빈치의 일생과 신념을 만난다.

★ 국립어린이청소년도서관 사서 추천도서 ★ 학교도서관저널 선정 이달의 책

[교과연계] 6-1 국어 8. 인물의 삶을 찾아서

프로이트 정신의 지도를 그리다

인간의 무의식의 세계를 파헤치다!

무의식의 세계를 발견하여 인간에 대한 인식을 근본적으로 변화시킨 정신분석학의 창시자, 지그문트 프로이트의 삶과 업적, 그리고 복잡하고 성마른 성격의 소유자로서의 인간적인 면모를 숨김없이 밝힌다. 프로이트의 발자취를 따라가며 정신분석학 이론을 선정적이지 않고 알기 쉽게 설명한다.

[교과연계] 6-1 국어 8. 인물의 삶을 찾아서

뉴턴 사과로 우주의 비밀을 열다

외톨이 열등생, 근대 과학의 새로운 장을 열다!

뉴턴은 수학과 과학 분야에서 수많은 발견을 하여 근대 과학의 토대를 마련한 천재로 소개되는 것이 일반적이다. 이 책은 정치 사회적으로 불안하고 혼란스럽던 17세기 영국을 배경으로 천재 과학자 뉴턴의 업적과 그 뒤에 가려진 개인적 불행, 성격적 결함까지 편견이나 가감 없이 솔직하게 보여 준다.

★ 한국간행물윤리위원회 청소년권장도서

[교과연계] 6-1 국어 8. 인물의 삶을 찾아서

퀴리 라듐으로 과학의 전설이 되다

과학에 목숨을 건 과학자의 초상

방사능 연구로 과학사를 새롭게 쓴 마리 퀴리의 연구 궤적을 밟으면서, 한편으로는 여성으로서의 마리 퀴리의 삶을 꾸밈없이 보여준다. 우울증에 시달렸고, 일 중독자였으며, 한때 도덕적인 실수를 저질렀지만 자신에게 언제나 솔직하면서도 치열했던 마리 퀴리의 인간미 넘치는 이야기를 만난다.

[교과연계] 6-1 국어 8. 인물의 삶을 찾아서

아인슈타인 교실의 문제아, 세상을 바꾸다

호기심은 그 자체로 존재의 이유가 된다!

상대성 이론이 나오기까지 아인슈타인의 오랜 호기심과 상상력, 과학적 열정, 세상을 새롭게 보는 시각의 중요성을 고스란히 담았다. 엄청난 과학적·사회적 기여에도 불구하고, 개구쟁이 같은 눈빛과 헝클어진 헤어스타일이 대표적인 이미지일 만큼 익살스럽고 인간적이었던 아인슈타인의 매력을 만나 볼 수 있다.

[교과연계] 6-1 국어 8. 인물의 삶을 찾아서

다윈 진화론으로 생명의 신비를 밝히다

과학 역사상 가장 치열한 논쟁의 포문을 열다

《종의 기원》이 나오기까지 다윈을 비롯한 주변 과학자들의 탐구와 논쟁을 소개한다. 진화론을 발표하기 전, 다윈이 트집을 덜 잡히기 위해 얼마나 오랜 시간 이론을 갈고닦았는지, 그리고 발표한 뒤에 쏟아질 비난을 견디기 위해 어떤 마음의 준비를 하며 노심초사했는지 섬세하게 다룬다.

[교과연계] 6-1 국어 8. 인물의 삶을 찾아서

프랭클린 피뢰침으로 번개를 길들이다

미국 최초의 과학자 벤저민 프랭클린

프랭클린이 과학자로서 어떤 삶을 살았고, 18세기 격동의 미국 역사 속에서 어떻게 과학적 성취를 이루어 나가는지 살펴본다. 또한 미국 헌법의 기초를 닦았던 정치인 프랭클린과 수많은 발명품을 발명하고 도 단 하나의 특허도 신청하지 않았던 과학자 프랭클린의 삶과 철학 이 어떻게 어우러져 오늘날까지 미국인이 가장 존경하는 위인으로 평가받게 했는지 보여 준다.

[교과연계] 6-1 국어 8. 인물의 삶을 찾아서

가로세로그림책 시리즈

마음은 넓게 생각은 깊게 하는, 초등학생을 위한 그림책 시리즈.
이웃과 좀 더 가까워지고 싶은 어린이의 마음, 세상을 좀 더 알고 싶은
어린이의 생각을 그림과 이야기에 담아 펼쳐 낸다.

★ 북스타트 초등책날개 선정도서 ★ 환경책큰잔치 선정 올해의 어린이 환경책
★ 학교도서관저널 추천도서 ★ 서울시교육청 어린이도서관 여름방학 권장도서
★ 국립어린이청소년도서관 사서 추천도서 ★ 어린이도서연구회 추천도서
★ 충남문화재단 지원도서 ★ 세종도서 교양부문 선정도서
★ 경남독서한마당 선정도서

태어납니다 사라집니다

인간이 만들어낸 것과 그로 인해 사라지는 것

인간이 쉬지 않고 만들어내는 것과 그로 인해 멸종되어 가는 동식물을 한 장면, 한 장면 대비해 보여 줌으로써 환경문제를 또렷이 전하는 그림책. 인간 세계를 뒤덮은 물질문명과 영문도 모른 채 삶터에서 밀려나고 결국 죽음을 맞이하는 생명들을 통찰력 있게 담아냈으며, 반복과 점층을 상징적으로 보여 주는 그림은 감동을 배가시킨다.

유미희 글 | 장선환 그림 | 40쪽 | 13,500원

★ 북스타트 초등책날개 선정도서 ★ 환경책큰잔치 선정 올해의 어린이 환경책
★ 세종도서 교양부문 선정도서 ★ 서울시교육청 어린이도서관 여름방학 권장도서
★ 국립어린이청소년도서관 사서 추천도서 ★ 경남독서한마당 선정도서

[교과 연계] 1-1 봄 2. 도란도란 봄 동산 | 3-2 과학 2. 동물의 생활

줄을 섭니다

멈춰 서면 시작되는 평등과 연대의 한 걸음

집 밖으로 나와 세상 앞에 선 꼬마 토끼를 주인공으로 줄의 의미를 함축적으로 담아낸 그림책. 이 책을 읽은 어린이들이 살아가면서 힘겨운 일에 부딪혔을 때, 자신이 거대한 줄 위에 서 있다는 사실을, 그 줄에는 자신과 같은 이들이 함께 있다는 사실을 떠올리며 연대의 손길을 내밀 수 있기를 작가는 희망한다.

장선환 글·그림 | 40쪽 | 13,500원

[교과연계] 3-2 도덕 4. 우리 모두를 위한 길

표범장지뱀, 너구나!

동시로 만나는 복닥복닥 모래 언덕 식구들

신두리 해안 사구에서 살아가는 희귀 동식물을 만날 수 있는 동시 그림책. 시의 주인공은 표범장지뱀, 금개구리, 맹꽁이, 물자라, 갯그령, 통보리사초, 참골무꽃처럼 이곳에 사는 다양한 동식물인데, 이중에는 멸종위기종도 꽤 있다. 이 책을 읽으면 지구에서 함께 살고 있는 생명들을 다시 생각해 보게 된다.

유미희 글 | 장선환 그림 | 40쪽 | 14,500원

★ 충남문화재단 지원도서

[교과 연계] 1-1 봄 2. 도란도란 봄 동산 | 2-1 국어-가 1. 시를 즐겨요

처음에 하나가 있었다

하나와 하나가 모여서 만드는 세상

사람의 성장 과정과 인류 역사의 흐름을 함축적으로 보여 주는 그림책. 단순한 그림과 문장을 따라 책장을 넘기다 보면 인류의 역사가 자연스레 눈앞에 펼쳐진다. 처음에 하나로 등장한 씨앗이 또 다른 씨앗을 만나 점차 성장하고, 함께 새롭고 아름다운 세상을 만들어 가는 모습은 연대의 힘을 일깨운다.

막달레나 스키아보 글 | 수지 자넬라 그림 | 48쪽 | 15,000원

★ 아침독서 추천도서

[교과연계] 1-1 국어-나 7. 생각을 나타내요 | 1-2 가을 1. 내 이웃 이야기

2023년 출간

모두 어디 갔을까?

음식물 쓰레기를 흙으로

음식물 쓰레기들의 이야기를 통해 흙에서 태어나 흙으로 돌아가는 생명 순환의 경이로운 과정을 보여 주는 그림책. 이 책은 음식물 쓰레기 처지가 된 방울토마토, 브로콜리, 밥풀이 흙으로 돌아가는 과정을 담았다. 방울토마토가 흙 속에서 흔적도 남기지 않고 사라졌다가 어느 날 초록 새싹으로 다시 태어나는 장면은 생명 순환의 놀라운 신비를 보여 준다.

김승연 글 | 핸짱 그림 | 44쪽 | 15,000원

★ 학교도서관저널 추천도서 ★ 아침독서 추천도서

[교과연계] 1-1 봄 2. 도란도란 봄 동산

출간 예정

날아라, 씨앗 폭탄!(가제) 이묘신 글 | 윤봉선 그림

개발로 황폐해진 숲을 되살리기 위해 씨앗 폭탄을 날리는 동물들 이야기

상상의 세계로 넘나드는 마술 같은 이야기

〔팝콘클럽〕

팝콘처럼 맛있고, 바삭하고, 통통 튀는 이야기를 들려주는
초등학생 대상의 문학 작품 모음.
배를 간질이는 유머, 엉뚱한 상상력, 이색적 재미, 유쾌한 성장을 키워드로
일반 문학은 물론, 추리와 모험 이야기를 담은 장르 문학을 선보인다.

소능력자들 시리즈

8권 완간

어느 날 갑자기 나에게 초능력이 생긴다면?
하지만 공중 부양이긴 한데 겨우 5센티미터만 뜨고,
몸이 투명해지기는 하는데 달랑 한쪽 팔만이고,
다른 사람의 마음을 읽을 수 있긴 한데 딱 7초 동안만이라면?
생기다 만 초능력을 합해 사건을 해결해 가는
소능력자들의 흥미진진한 모험!

김하연 글 | 송효정 그림 | 각 권 160쪽 내외 | 11,000~12,000원

애완동물 실종 사건

힘이 너무 약하다고? 그럼 합치면 되지!

아이들은 어쩌다 생겼지만 안타깝게도 생기다 만 초능력에 실망한다. 그때 실종된 앵무새를 찾는 포스터가 눈에 띄고, 앵무새의 발톱에 자신들과 똑같은 붉은 반점이 있는 걸 보고는 앵무새를 찾기로 한다. 실종된 애완동물이 생각보다 많은 걸 알아챈 아이들은 이상한 낌새를 눈치채고 의기투합하여 사라진 애완동물들을 찾아 나선다.

[교과 연계] 4-1 국어-가 1. 생각과 느낌을 나누어요

초능력 사냥꾼

소능력자들을 은밀히 뒤쫓는 무리는 누구?

진우와 학생이가 실종되고, 새로운 소능력자 윤수는 '캣보이'라고 밝힌 아이로부터 누가 친구들을 납치했는지 알고 있다는 편지를 받는다. 편지를 미끼로 찾아낸 캣보이는 같은 학교 3학년 아이로, 역시 소능력자! 아이들은 고양이 대장 마오에게서 납치범에 대한 실마리를 얻고 진우와 학생이를 찾아 나선다.

[교과 연계] 4-1 국어-가 1. 생각과 느낌을 나누어요

비밀 연구소

탐욕스러운 어른들을 향한 소능력자들의 통쾌한 한 방

초능력 사냥꾼인 마술사가 활동을 다시 시작한다. 그러던 중 마술사에게 쫓기던 미루가 크게 다치고, 마루와 윤수, 학생, 진우는 자신들을 끈질기게 괴롭히는 마술사와 담판을 지으려 마술사가 있을 만한 곳으로 직접 찾아간다. 그곳은 바로 K제약회사 비밀 연구소. 이곳에서는 과연 은밀하게 무엇을 연구하고 있는 것일까?

[교과 연계] 4-1 국어-가 1. 생각과 느낌을 나누어요

괴물의 탄생
끔찍한 괴물의 탄생 뒤엔 누군가 있다!

소능력자 캠프에 가기 위해 집을 나선 지니와 캣보이. 휘몰아치는 비바람에 낡은 승합차가 멈춰 선다. 그곳은 바로 대지산! 비를 피하기 위해 간 쉼터에는 젊은 여자와 남자가 있다. 숙제를 하기 위해 남자의 볼펜을 빌린 지니…… 볼펜을 잡는 순간 눈앞에 강렬한 빛이 번쩍인다. 지니 일행이 쉼터에 오기 전 상황으로 들어간 지니 눈앞에 놀라운 광경이 펼쳐진다.

[교과 연계] 4-1 국어-가 1. 생각과 느낌을 나누어요

출동, 소벤저스!
찔끔 염력, 반짝 사이코메트리, 7초 독심술에 이은 3분 냉각술?

나태주 박사와 괴물은 어디에도 모습을 드러내지 않고 있다. 그러던 중 초능력자들의 정보가 모두 털리고, 그 뒤 초능력자 한 명이 갑자기 사라진다. 캣보이, 마루, 지니, 윤수, 그리고 새로운 소능력자 시우가 나태주 박사와 괴물을 맡는다. '소벤저스'라는 이름으로! 그사이 괴물은 훨씬 더 막강해졌는데…… 이번에는 확실히 괴물을 물리칠 수 있을까?

[교과 연계] 4-1 국어-가 1. 생각과 느낌을 나누어요

사라진 소능력
초록빛 슈퍼 파워를 뿜내는 새로운 소능력자가 나타났다!

어느 날, 소능력자들에게서 소능력이 사라진다. 새로운 소능력자 연두의 목격담을 바탕으로 누군가 아이들의 소능력을 일부러 없앴다는 사실이 밝혀지고, 점차 범인의 윤곽이 드러난다. 아이들은 소능력을 되찾기 위해 출발하지만, 믿고 싶지 않은 진실이 기다리고 있는데…… 소능력자들을 둘러싼 진실은 과연 무엇일까?

[교과 연계] 4-1 국어-가 1. 생각과 느낌을 나누어요

천사의 눈물

하늘을 뒤덮은 검은 천사는 눈물을 흘릴 것인가?

세븐의 저주가 무얼 뜻하는지 알게 된 소능력자들 일행은 끔찍한 재앙을 막기 위해 세븐을 인적이 드문 채석장으로 유인한다. 가는 길에 인기 유튜버 미스터 미특을 만나고, 채석장에선 이들을 돕기 위해 온 뜻밖의 능력자와 맞닥뜨리는데……. 천사의 눈물이 가져올 대한민국의 운명은?

[교과 연계] 4-1 국어-가 1. 생각과 느낌을 나누어요

2023년 출간

쌍둥이의 복수

소능력자들을 응징하기 위해 쌍둥이 누나 대신 그가 나섰다!

세븐의 쌍둥이 남동생, 욕심을 위해 양심을 버린 인기 유튜버, 잔소리 대마왕인 초능력보존협회 신입 요원, 손에 개구리 인형을 끼고 다니는 새 소능력자, 그리고 우정으로 똘똘 뭉친 소능력자들의 대활약! 과학관·자연사관·생태관 등 거대한 자연사 박물관을 배경으로 스릴 넘치게 펼쳐지는 〈소능력자들〉 시리즈 완결편이다.

[교과 연계] 4-1 국어-가 1. 생각과 느낌을 나누어요

쌍둥이 탐정 똥똥구리 시리즈

기똥찬 똥 폭탄과 시원한 발차기로
세상 어떤 사건도 해결해 드립니다!

똥 좀 굴려 본 쌍둥이 남매 소똥구리와 말똥구리!
이젠 똥 대신 머리를 굴릴 차례라고?
추리력도 두 배, 관찰력도 두 배,
똥부심은 무한인 쌍둥이 탐정 똥똥구리!
숨은그림찾기 · 수수께끼 등 추리와 관찰에 자신 있는 어린이들은 주목!

★ 중국·대만 판권 수출
★ 10권 완간 예정

류미원 글 | 이경석 그림 | 각 권 88쪽 내외 | 각 권 12,500원

야광귀와 사라진 아이들

아이들 신발을 훔쳐 가는 놈을 잡아 달라고?

세찬 바람이 불고 전등불이 꺼지더니 어둠 속에서 야광귀가 나타났다. 설날 밤에 집집마다 돌아다니면서 자기 발에 딱 맞는 신발을 신고 사라진다는 귀신, 야광귀! 야광귀는 사건을 의뢰하러 왔다. 그런데 아이들 신발을 훔쳐 가는 못된 놈을 잡아 달라니? 그런 일은 야광귀 자신이 하는 거 아닌가?

[교과 연계] 2-1 국어-가 3. 마음을 나누어요

색깔 먹는 하마

알록달록 예쁜 색깔, 내가 모조리 먹어 버릴 테다!

똥똥구리 사무소에 여자아이 하나가 찾아온다. 그런데 마을에서 알록달록한 색깔이 모조리 사라졌다고? 아이가 가지고 온 암호 종이와 지도를 가지고 명쾌한 추리를 이어 가는 똥똥구리 탐정! 똥똥구리가 기똥찬 똥 폭탄과 시원한 발차기로 사건도 해결하고 무사히 사무소로 돌아올 수 있을까?

[교과 연계] 2-1 국어-가 3. 마음을 나누어요

2023년 출간

외계인의 보물

외계인의 보물을 찾기 위해 떠나는 고대 도시로의 모험!

가장무도회를 즐기던 똥똥구리 탐정에게 외계인 복장을 한 사람이 스르르 다가오더니, 자신이 고향별로 돌아가는 데 필요한 보물을 찾아 달라고 부탁한다. 스핑크스 오른발 아래, 고대 신전의 두 번째 기둥, 피라미드 속 보물방에 가서 얻은 단서를 퍼즐처럼 맞추면 보물을 찾을 수 있다나? 고대 도시에서 펼쳐지는 똥똥구리 탐정의 흥미진진한 모험!

[교과 연계] 2-1 국어-가 3. 마음을 나누어요

천도복숭아 도둑

옥황상제도 인정한 명탐정 똥똥구리의 활약

똥똥구리 탐정 사무소에 탐스러운 천도복숭아가 배달된다. 때마침 사무소를 방문한 옥황상제의 심부름꾼 까마귀는 천도복숭아를 보더니 눈이 휘둥그레져 급히 되돌아가는데……. 옥황상제가 도둑맞은 하늘 정원의 천도복숭아였기 때문이다. 잠시 후, 천둥소리와 함께 똥똥구리를 찾아온 구름용은 두 탐정을 옭아매고 하늘 높이 날아오른다. 똥똥구리에게 무슨 일이 일어난 걸까?

류미원 글 | 이경석 그림 | 88쪽 | 12,500원

[교과 연계] 2-1 국어-가 3. 마음을 나누어요

거울귀신과 쌍둥이 마을

이상한 거울을 보고 나서 생겨난 가짜 아이들

구슬픈 울음소리를 따라가 보니 장승이 목 놓아 울고 있다. 마을 아이들이 이상한 거울을 본 다음 쌍둥이처럼 똑같이 생긴 가짜 아이들이 생겨났기 때문이다. 마을 수호신인 장승이 강렬한 빛 때문에 잠깐 눈을 감은 적이 있는데, 그때 고약한 거울귀신이 들어온 게 분명! 똥똥구리 탐정이 거울귀신을 물리칠 수 있을까?

류미원 글 | 이경석 그림 | 88쪽 | 12,500원

[교과 연계] 2-1 국어-가 3. 마음을 나누어요

숫자인간, 메먼들이 사는 나라

일상 속의 수학, 수학 속의 철학을 찾아가는 판타지 동화

숫자인간들이 사는 수학 나라를 탐험하면서 어린이들이 자신들의 삶과 이어져 있는 수학 개념을 깨달을 수 있다. 인간 세상으로 돌아가기 위해서는 사라진 주판알을 찾아야 하는데, 수학적 상상력을 발휘하여 단서로 제시된 글귀를 추리해 가는 과정이 흥미진진하다. 수학 나라에서만 만날 수 있는 이색적인 공간과 캐릭터도 매력적이다.

류미원 글 | 노준구 그림 | 188쪽 | 12,000원

★ 문학나눔 선정도서

[교과 연계] 5-2 수학 4. 소수의 곱셈 | 6-2 수학 7. 수학으로 세상 보기

오유아이 <u>Oui</u>

지식을 찾아가는 모험의 길

Oui는 프랑스어로 '예'라는 뜻입니다. 세상에 대한 긍정의 태도,
모험을 두려워하지 않는 도전 정신을 책에 담고자 합니다.

지식은 모험이다 시리즈

청소년을 위한 통통 튀는 인문 교양서 시리즈.
현재 진행 중인 사회 문화적 현상과 과학적 사실을
10대 눈높이에서 감각적으로 파헤친다.

10대를 위한 진로탐색 시리즈

10대가 지금 당장 해 보고 싶은 일을 전문가로부터 듣는다!
아이들이 마음껏 여러 분야에 도전해 꿈과 끼를 펼치거나
합리적으로 수정해 가는 데 도움을 준다.

★ 한국출판문화산업진흥원 세종도서 선정도서
★ 대한출판문화협회 2019년 올해의 청소년 교양도서
★ 학교도서관저널 추천도서 ★ 아침독서 추천도서
★ 미국 문빔 아동도서상 청소년 논픽션 부문 수상

10대에 웹툰 작가가 되고 싶은 나, 어떻게 할까?

새내기 웹툰 작가가 알아야 할 모든 것

웹툰 작가인 저자가 자신의 창작 경험을 바탕으로 10대들에게 작가로서 필요한 능력과 그 능력을 키울 수 있는 방법을 안내하는 웹툰 창작 입문서. 출판만화와 웹툰이 어떤 차이를 가지게 되었는지, 자신의 웹툰을 널리 알리기 위한 경로에는 어떤 것들이 있는지 꼼꼼히 짚어 준다. 경험 많은 선배가 들려주는 소박하고 따뜻한 팁이 실려 있다.

권혁주 지음 | 112쪽 | 값 12,500원

★ 한국출판문화산업진흥원 세종도서 선정도서 ★ 태국 판권 수출
★ 대한출판문화협회 2019년 올해의 청소년 교양도서

[교과 연계] 중등 : 진로와 직업

10대에 작가가 되고 싶은 나, 어떻게 할까?

소설, 웹소설, 시나리오, 동화 창작의 아이디어 발상부터
투고까지 STEP BY STEP

현역 작가이자 고등학교 국어 교사이고, 스토리텔링 잘 가르치는 유튜버로 소문난 저자가 작가를 꿈꾸지만 글쓰기를 어떻게 시작해야 할지 잘 모르는 10대들이 단계별로 따라 쓸 수 있게 구성한 스토리텔링 입문서. 저자가 스스로 터득한 스토리텔링 노하우를 10대의 감각적인 언어로 쉽고 재미있게 정리했다.

김은재 글 | 김지하 그림 | 204쪽 | 값 14,500원

[교과 연계] 중등 : 진로와 직업 | 고등 : 진로와 직업

10대에 프로그래머가 되고 싶은 나, 어떻게 할까?

코딩부터 소프트웨어 개발 윤리까지,
새내기 프로그래머가 알아야 할 모든 것

코딩의 개념을 이제 막 이해한 10대들이 한 단계 더 나아갈 수 있도록 구성된 프로그래머 입문서. 프로그래머로서 가장 먼저 알아야 할 지식을 차근차근 풀어냈다. 이어지는 연습 활동은 독자들이 개념을 충분히 이해하고, 자신만의 스타일로 발전시킬 수 있도록 돕는다. 아이디어가 프로그램으로 완성되는 과정은 물론, 프로그램 개발과 관련된 사회·윤리적 문제도 다룬다.

제니퍼 코너-스미스 글 | 홍석윤 옮김 | 224쪽 | 값 14,000원

[교과 연계] 중등 : 진로와 직업 | 고등 : 진로와 직업

10대에 뮤지션이 되고 싶은 나, 어떻게 할까?

작곡부터 홍보까지 새내기 뮤지션이 알아야 할 모든 것

무턱대고 실용음악의 세계로 뛰어들려는 10대들에게 숨을 한번 돌리고 음악을 사랑하는 자기 자신을 차분히 바라보도록 돕는 책. 어떤 마음 자세를 갖는 것이 음악을 사랑하는 긴 여정을 풍성하게 해 줄지 선배들의 조언을 담았다. 또한 작곡과 작사, 녹음, 뮤직비디오 촬영, 홍보까지 새내기 뮤지션이 알아야 할 대중음악 세계의 모든 것이 담겨 있다.

존 크로싱햄 글 | 제프 쿨락 그림 | 송연승 옮김 | 이승환 감수| 96쪽 | 값 12,000원

★ 학교도서관저널 추천도서

[교과 연계] 중등 : 진로와 직업

10대에 영화감독이 되고 싶은 나, 어떻게 할까?

제작부터 상영까지 새내기 영화감독이 알아야 할 모든 것

10대를 위한 영화 입문서. 시종일관 유머 넘치는 설명으로 독자를 기죽이지 않고 미로 속 같은 영화 세계로 한 발 한 발 차분하게 이끈다. 영감이 떠오른 순간부터 촬영, 조명, 음향 등 기술적인 측면, 홍보와 상영까지 한달음에 짚어 준다. 복잡하고 전문적인 부분을 절제하여 요령껏 설명하면서도 책 말미까지 거듭 영화 제작 과정에서 협업의 중요성을 강조한다.

마이클 글래스버그 글 | 제프 쿨락 그림 | 김진원 옮김 | 정승구 감수| 96쪽 | 값 12,000원

[교과 연계] 중등 : 진로와 직업

10대에 댄서가 되고 싶은 나, 어떻게 할까?

안무부터 홍보까지 새내기 댄서가 알아야 할 모든 것

리듬을 타고 몸을 움직이는 순간부터 안무, 공연, 홍보까지의 과정을 소개하고, 춤의 문화와 흐름, 매력을 10대들에게 활짝 열어 보여 준다. 이 책은 춤을 열렬히 사랑하든 그저 호기심을 가지고 있든, 알게 모르게 춤의 세계에 가까이 다가서 있는 10대들에게 먼저 느끼는 대로 몸을 움직여 보도록 권한다.

앤-마리 윌리엄스 글 | 제프 쿨락 그림 | 송연승 옮김 | 박은화 감수| 96쪽 | 값 12,000원

★ 미국 문빔 아동도서상 청소년 논픽션 부문 수상

[교과 연계] 중등 : 진로와 직업

10대에 패션계에서 일하고 싶은 나, 어떻게 할까?

패션계에 관심 있는 10대가 알아야 할 모든 것!

패션의 세계에서 꿈과 끼를 펼치려는 10대를 위한 입문서. '패션' 하면 주로 떠올리는 직업인 디자이너와 모델뿐만 아니라 스타일리스트, 패션 잡지 기자, 사진작가, 패션 홍보 전문가, 패션 블로거, 쇼윈도 장식가에 이르기까지 패션의 세계를 구축하는 여러 직종을 고루 소개한다. 패션계에서 진로를 찾지 않더라도 자기만의 스타일을 찾아가도록 돕는 패션 가이드로도 손색이 없다.

로라 드카루펠 글 | 제프 쿨락 그림 | 신인수 옮김 | 96쪽 | 값 12,000원

★ 아침독서 추천도서

[교과 연계] 중등 : 진로와 직업

10대에 의료계가 궁금한 나, 어떻게 할까?

의료계 미래학자로부터 듣는 의료계의 미래

인공지능 의사부터 로봇과 함께하는 의료 현장까지, 의료인을 꿈꾸는 10대가 알아야 할 미래를 담은 책. 의료계뿐 아니라 의료 산업계에서도 일했던 저자가 의료계를 안팎에서 객관적으로 바라보며 의료계의 미래를 분석했다. 미래 의료계를 이해하기 위해 알아야 할 지식이 친절한 예시로 담겨 있으며, 의료계의 다양한 직업도 알 수 있다.

오쿠 신야 글 | 김정환 옮김 | 예병일 감수 | 124쪽 | 13,500원

[교과 연계] 중등 : 진로와 직업

10대에 정보 보안 전문가가 되고 싶은 나, 어떻게 할까?

정보 보안 전문가를 꿈꾸는 10대에게

사이버 보안부터 윤리적 해커까지 정보 보안 전문가를 꿈꾸는 10대가 알아야 할 모든 것을 담은 책. 공포스러운 사이버 범죄 집단의 손아귀에서 우리의 일상과 사회 기반 시설, 국가 안보까지 안전하게 지켜 주는 정보 보안 전문가의 세계로 떠날 수 있다. 또한 정보 홍수 시대에 무엇이 참이고 거짓인지 스스로 분별하는 미디어 리터러시의 중요성을 일깨워 준다.

마이클 밀러 글 | 최영열 옮김 | 정일영 감수 | 168쪽 | 14,500원

★ 아침독서 추천도서

[교과연계] 중등 : 진로와 직업

10대를 위한 슬기로운 경제 책

급변하는 4차 산업혁명 시대를 살아갈 10대에게
꼭 필요한 경제 교육서!

★ 환경정의 선정 2020 올해의 환경책 ★ 국립어린이청소년도서관 사서 추천도서
★ 한국출판문화산업진흥원 청소년 권장도서
★ 캐나다 아동도서센터 선정 '10대를 위한 최고의 책'

10대에 투자가 궁금한 나, 어떻게 할까?

투자의 개념부터 실행까지 새내기 투자가가 알아야 할 모든 것

세무사로 일하는 저자가 10대를 대상으로 투자에 대해 알기 쉽게 쓴 책. 1장에서는 투자와 관련된 여러 용어를 살펴보고, 2장에서는 일, 장사, 사업에 관련된 투자를 다룬다. 3장에서는 금융 투자를 소개한다. 저자는 금융 투자를 알아두는 편이 10대들이 살아갈 삶을 풍요롭게 만들며, 성인이 되어 금융 투자를 직접 해 보면 자신을 좀 더 깊게 이해할 수 있다고 말한다.

다카하시 마사야 글 | 김정환 옮김 | 192쪽 | 값 13,500원

[교과 연계] 고등 : 경제

10대에 미니멀리스트가 되고 싶은 나, 어떻게 할까?

소비의 큰손이 된 10대를 위한 '단순하게 살기' 입문서

산업혁명 이후 대중의 소비 패턴이 어떻게 바뀌었는지, 그 결과 무슨 문제가 발생했는지 짚어보면서 미니멀리즘 발생의 역사적 배경을 설명한다. 물건을 현명하게 구입하고 효과적으로 사용하는 방법, 불필요한 물건을 책임감 있게 정리하는 방법을 알려주며, 미니멀리스트들의 인터뷰를 통해 생생한 체험을 들려주고 다채로운 활동을 소개한다.

샐리 맥그로 글 | 신인수 옮김 | 128쪽 | 값 13,000원

★ 환경정의 선정 2020 올해의 환경책 ★ 국립어린이청소년도서관 사서 추천도서

[교과 연계] 중등 : 사회

광고는 왜 10대를 좋아할까?

10대를 똑똑한 소비자로 만드는 광고의 모든 것

부모가 물건을 사는 데 결정적인 영향을 미치는 10대는 광고 매체의 표적이다. 광고주들은 첨단 매체에 빠르게 접속하고 그만큼 광고에 무방비로 노출되는 10대의 특성을 감안하여 광고를 제작한다. 이 책은 왜 10대가 광고의 역사부터 제작 원리까지 알아야 하는지, 어떻게 하면 광고에 슬기롭게 대처하고 올바른 소비습관을 기를 수 있는지 제시한다.

샤리 그레이든 글 | 미셸 라모로 그림 | 김루시아 옮김 | 172쪽 | 값 11,000원

★ 한우리 필독도서 ★ 한국출판문화산업진흥원 청소년 권장도서
★ 캐나다 아동도서센터 선정 '10대를 위한 최고의 책'

[교과 연계] 중등 : 사회

느닷없이 어른이 될 10대를 위한 철학책
생각하는 어른이 되기 위한 철학 입문

10대가 철학에 가까이 다가갈 수 있는 책. 단순히 철학이 무엇인지 설명하는 데에 그치지 않고, 청소년이 처한 상황이나 현재 사회 문제 등을 다루며 철학에 접근하는 방식이라 청소년들이 친근하게 느낄 수 있다. 10대를 스스로 생각하고 행동할 줄 아는 어른으로 성장하게 해 주는 철학 사용 설명서.

오가와 히토시 글 | 전경아 옮김 | 문종길 감수 | 208쪽 | 15,000원

[교과 연계] 고등 : 생활과 윤리, 윤리와 사상

10대를 위한 코로나바이러스 보고서
마스크 착용, 원격 수업, 재택근무가 일상이 된 뉴노멀

코로나19를 일으킨 코로나바이러스에 대한 정보를 청소년 눈높이에서 제공한다. 독자들의 이해를 돕기 위해 사진과 도표를 충분히 실었으며, 장마다 해당 주제와 관련된 흥미로운 부가 정보를 담았다. 코로나19 확진자들의 체험담을 비롯해 각 분야 전문가와 학생들의 에피소드를 담아 현장감이 넘친다.

코니 골드스미스 글 | 김아림 옮김 | 172쪽 | 13,500원

★ 학교도서관저널 추천도서 ★ 청소년출판협의회 이달의 청소년책

[교과연계] 중등 : 사회, 과학, 환경

팬데믹 시대를 살아갈 10대, 어떻게 할까?
인류를 팬데믹으로 몰아넣는 위험 요인에 대한 모든 것

팬데믹의 역사, 인류를 팬데믹으로 몰아넣는 위험 요인과 예방에 대하여 풍부한 사례와 인용으로 흥미롭게 다룬다. 이 책은 코로나19 이전까지 우리가 어떻게 살았는지, 지구 환경은 어떻게 바뀌었는지, 환경운동가들이 무엇을 경고해 왔는지 되짚어 보게 한다.

코니 골드스미스 글 | 김아림 옮김 | 곽효길 감수 | 전국과학교사모임 추천

172쪽 | 값 13,500원

★ 학교도서관저널 추천도서 ★ 경기중앙교육도서관 사서 추천도서

[교과 연계] 중등 : 사회, 과학, 환경

백신, 10대는 무엇을 알아야 할까?

백신의 역사부터 개발 과정, 백신에 대한 반발까지

어느 때보다 감염병과 백신에 대한 관심이 높아졌지만 백신에 대해 정확한 정보를 찾기는 쉽지 않다. 과학 저널리스트이자 교육자인 저자는 백신의 원리와 제조법, 효과와 부작용, 백신을 둘러싼 오해와 담론, 백신의 과거와 미래를 이해하기 쉬우면서도 상세하게 다룬다.

태라 하엘 지음 | 김아림 옮김 | 박지영 감수 | 164쪽 | 값 13,500원

[교과 연계] 중등 : 사회, 과학, 환경

눈 감으면 졸리지만 명상은 좀 멋져요

**진로, 성적, SNS, 친구 관계로 힘들어하는
10대를 위한 마음챙김 입문서**

10대에게 마음의 균형을 찾도록 돕는 명상 수련 30가지를 소개한다. 저자는 10대로 하여금 명상 수련을 통해 자기 감정을 차분히 들여다봄으로써 스트레스를 관리하고, 정신과 육체 모두 건강한 일상생활을 하고 있는지 되돌아보고, 진정한 행복을 느끼기 위한 목적의식을 갖도록 돕는다. 명상을 처음 접하는 10대들이 마음 가볍게 시작하도록 단계별로 소개한다.

휘트니 스튜어트 지음 | 신인수 옮김 | 156쪽 | 값 13,500원

[교과 연계] 중등 : 기술가정, 도덕

10대가 가짜 과학에 빠지지 않는 20가지 방법

SNS로 소통하는 10대가 꼭 알아야 할 가짜 과학 대처법

10대가 정보를 비판적으로 볼 수 있도록 돕는 20가지 방법을 소개한 책. 놀라운 과학적 성과 속에서도 가짜 과학이 기승을 부리는 이유를 알아보고, 가짜 과학에 맞설 지식과 방법을 일목요연하게 알려 준다. 무엇보다 코로나19 팬데믹 이래 더욱 무분별해진 정보의 홍수 속에서 가짜 뉴스를 구분할 수 있는 가이드라인이 되어 준다.

마크 짐머 글 | 이경아 옮김 | 148쪽 | 13,500원

★ 세종도서 교양부문 선정도서 ★ 학교도서관저널 추천도서

[교과연계] 중등 : 사회, 과학

피곤한 10대, 제대로 자고 있는 걸까?

밤에 눈이 더 말똥말똥해지는 10대를 위한 수면의 모든 것

친절한 설명과 최신 연구 결과가 포함된 다채로운 정보를 담은 흥미로운 수면 지식정보서이다. 10대 청소년들에게 각종 팁까지 제공하여 스스로 수면 습관을 점검해 보고 슬기롭게 건강을 돕는 길잡이가 되어 준다.

카타리나 쿠이크 글 | 엘린 린델 그림 | 황덕령 옮김 | 신홍범 감수 | 104쪽 | 13,000원

★ 학교도서관저널 추천도서

[교과 연계] 중등 : 기술가정

왜 10대는 외모에 열광할까?

외모지상주의 시대를 사는 10대가 알아야 할 아름다움의 진실

아름다움의 변천사와 문화적 차이, 현실과 이상, 과도해진 외모 경쟁의 원인 등을 알기 쉽게 설명함으로써, 10대들이 어떤 기준으로 자신의 외모를 바라보고 상대방을 대해야 하는지 일깨우는 책.

샤리 그레이든 글 | 캐런 클라센·케이티 르메이 그림 | 신재일 옮김 | 164쪽 | 값 13,500원

★ 청소년을 위한 우수 논픽션에 수여하는 노마 플랙 어워드 수상
★ 미국 아동도서위원회 선정, '주목할 만한 청소년 사회과학 도서'

[교과 연계] 중등 : 사회

어른은 빼고 갈게요!

10대끼리 떠난 파란만장 자발적 여행기

아름다운재단이 진행하는 청소년 자발적 여행활동 지원사업 '길 위의 희망찾기'로부터 지원을 받아 여행을 다녀왔던 10대들의 여행기.

아름다운재단 기획 | 고우정 글 | 이면지 그림 | 196쪽 | 값 15,000원

★ 아침독서 추천도서

[교과 연계] 중등 : 사회, 도덕

열일곱의 나눔 공작소

10대들의 톡톡 튀는 나눔학 개론

직접 만든 물건을 팔아 기부해 온 10대들의 나눔 도전기. 고등학생들이 어떻게 나눔을 목표로 자율 동아리를 만들었는지, 창의적이고 완성도 높은 생활용품을 제작하기까지 어떤 노력을 했는지 소개한다.

박수현 지음 | 104쪽 | 11,500원

★ 아침독서 추천도서

[교과 연계] 중등 : 사회, 도덕 | 고등 : 사회

교과 연계 도서 분류표

도서명	저자	대상	교과 연계	정가
🐸 초록개구리				
<나는 새싹 시민>				
내가 바꾸는 세상 시리즈				
1. 우리가 박물관을 바꿨어요!	배성호 글, 홍수진 그림	초등4-6	6-1 사회 1.우리나라의 정치 발전	9,500
2. 안전 지도로 우리 동네를 바꿨어요!	배성호 글, 이유진 그림	초등4-6	4-1 사회 3.지역의 공공 기관과 주민 참여	11,000
3. 어린이를 위해 어린이가 뭉쳤다	김하연 글, 이해정 그림	초등4-6	5-1 사회 2.인권 존중과 정의로운 사회	11,000
4. 똥 학교는 싫어요!	김하연 글, 이갑규 그림	초등4-6	4-1 사회 3.지역의 공공 기관과 주민 참여	11,000
5. 우리가 학교를 바꿨어요!	배성호 글, 서지현 그림	초등4-6	6-1 사회 1.우리나라의 정치 발전	12,000
6. 잘 가, 비닐봉지야!	양서윤 글, 이다혜 그림	초등4-6	6-2 사회 1.세계 여러 나라의 자연과 문화	12,500
7. 발명으로 바다를 구할 테야!	안나 두 글, 김지하 그림	초등4-6	6-2 도덕 6.함께 살아가는 지구촌	12,500
8. 우리가 교문을 바꿨어요!	배성호 글, 김지하 그림	초등4-6	5-2 국어-가 3.의견을 조정하며 토의해요	12,500
9. 초콜릿이 너무 비싸요!	미셸 멀더 글, 윤정미 그림	초등4-6	4-2 사회 2. 필요한 것의 생산과 교환	13,000
10. 지구 좀 그만 못살게 굴어요!	재닛 윌슨 글, 이지후 그림	초등4-6	4-1 사회 지역의 공공기관과 주민 참여	14,000
11. 단 하루라도 총을 내려놓 주세요!	미셸 멀더 글, 이해정 그림	초등4-6	5-2 국어-가 의견을 조정하며 토의해요	13,500
어느 날 갑자기 시리즈				
1. 긴급 뉴스, 소방관이 사라졌다!	이정아 글, 신혜원 그림	초등2-3	3-2 사회 1.환경에 따라 다른 모습	11,000
2. 구슬이 탁, 의사가 사라졌다!	이향안 글, 서지현 그림	초등2-3	3-2 사회 1.환경에 따라 다른 모습	11,000
3. 아싸, 선생님이 사라졌다!	김하연 글, 김고은 그림	초등2-3	3-2 사회 1.환경에 따라 다른 모습	11,000
4. 별똥별이 슝, 환경미화원이 사라졌다!	최은옥 글, 김재희 그림	초등2-3	3-2 사회 1.환경에 따라 다른 모습	11,000
5. 한입에 꿀꺽, 운전기사가 사라졌다!	신채연 글, 나인완 그림	초등2-3	3-2 사회 1.환경에 따라 다른 모습	11,000
퀴즈 시리즈				
1. 퀴즈, 미세먼지!	임정은 글, 이경석 그림	초등3-4	2-2 안전한생활 4.안전하고 건강하게	12,500
2. 퀴즈, GMO!	위문숙 글, 이경석 그림	초등3-4	3-1 과학 1.과학자는 어떻게 탐구할까요?	12,500
3. 퀴즈, 유해 물질!	양서윤 글, 이경석 그림	초등3-4	3-1 과학 2. 물질의 성질	12,500
4. 퀴즈, 반려동물!	임정은 글, 김현영 그림	초등3-4	3-2 사회 가족의 모습과 역할 변화	13,500
단행본				
우리는 반대합니다!	클라우디오 푸엔테스 글, 가브리엘라 리온 그림	초등4-5	5-1 국어 2.토의의 절차와 방법	12,000
김란사, 왕의 비밀문서를 전하라!	황동진	초등5-6	6-1 국어 8.인물의 삶을 찾아서	12,500
지구 반대편으로 간 선생님	강창훈 글, 김현영 그림	초등 4-6	4-2 도덕 5.하나 되는 우리	10,000
<내가 만난 재난>				
1. 검은 파도가 몰려온다	로렌 타시스 글, 스콧 도슨 그림	초등 3-6	4-1 국어-가 1.생각과 느낌을 나누어요	9,500
2. 얼음 바다가 삼킨 배	로렌 타시스 글, 스콧 도슨 그림	초등 3-6	4-1 국어-가 1.생각과 느낌을 나누어요	9,500
3. 산이 끓어오른다	로렌 타시스 글, 스콧 도슨 그림	초등 3-6	4-1 국어-가 1.생각과 느낌을 나누어요	9,500
4. 거센 비바람이 몰아친다	로렌 타시스 글, 스콧 도슨 그림	초등 3-6	4-1 국어-가 1.생각과 느낌을 나누어요	9,500
5. 쌍둥이 빌딩이 무너진다	로렌 타시스 글, 스콧 도슨 그림	초등 3-6	4-1 국어-가 1.생각과 느낌을 나누어요	9,500
6. 식인 상어가 다가온다	로렌 타시스 글, 스콧 도슨 그림	초등 3-6	4-1 국어-가 1.생각과 느낌을 나누어요	10,500
7. 기습 공격이 시작된다	로렌 타시스 글, 스콧 도슨 그림	초등 3-6	4-1 국어-가 1.생각과 느낌을 나누어요	10,500
8. 눈 폭풍이 휘몰아친다	로렌 타시스 글, 스콧 도슨 그림	초등 3-6	4-1 국어-가 1.생각과 느낌을 나누어요	10,500
9. 성난 불곰이 울부짖는다	로렌 타시스 글, 스콧 도슨 그림	초등 3-6	4-1 국어-가 1.생각과 느낌을 나누어요	10,500
10. 붉은 불길이 덮쳐 온다	로렌 타시스 글, 스콧 도슨 그림	초등 3-6	4-1 국어-가 1.생각과 느낌을 나누어요	10,500

<서바이벌 재난 동화>				
1. 백두산이 폭발한다!	김해등 글, 다나 그림	초등4-6	5-1 사회 국토와 우리 생활	14,500
<놀라운 한 그릇>				
떡볶이 공부책	정원 글, 경혜원 그림	초등 3-4	3-2 사회 1.환경에 따라 다른 모습	12,000
파장면 공부책	정원 글, 경혜원 그림	초등 3-4	3-2 사회 1.환경에 따라 다른 모습	12,500
아이스크림 공부책	정원 글, 박지윤 그림	초등 3-4	3-2 사회 1.환경에 따라 다른 모습	13,000
햄버거 공부책	정원 글, 박지윤 그림	초등 3-4	3-2 사회 1.환경에 따라 다른 모습	13,000
단행본				
우리가 여기 먼저 살았다	크리스털 D. 자일스	초등5-6	6-1 국어 4.주장과 근거를 판단해요	15,000
롤스	신시아 로드 글	초등5-6	6-2 국어 1. 작품 속 인물과 나	16,800
놀다 보니 집이 뚝딱	수·썬 글·그림	초등3-4	3-2 사회 1.환경에 따라 다른 모습	13,500
씽씽맨, 같이 놀자	류미원 글, 윤지 그림	초등1-2	2-1 국어-가 4.말놀이를 해요	13,500
<더불어 사는 지구>				
작은 발걸음 큰 변화 시리즈				
1. 페달을 밟아라!	미셸 멀더	초등3-4	3-1 사회 3.교통과 통신 수단의 변화	12,500
2. 우리가 먹는 음식은 어디에서 올까?	니키 테이트	초등3-4	4-2 사회 2.필요한 것의 생산과 교환	9,500
3. 축구공으로 불을 밝혀라!	미셸 멀더	초등5-6	5-2 과학 4.물체의 운동	9,500
4. 내 친구는 왜 목이 마를까?	미셸 멀더	초등3-4	4-2 과학 5.물의 여행	9,500
5. 다른 나라 아이들은 어떤 집에 살까?	니키 테이트 외	초등3-4	4-2 사회 3.사회 변화와 문화의 다양성	12,500
6. 쓰레기통에 숨은 보물을 찾아라!	미셸 멀더	초등3-4	3-2 도덕 5.함께 지키는 행복한 세상	9,500
7. 사라지는 벌을 지켜라!	메리-엘렌 윌콕스	초등4-5	5-2 과학 2.생물과 환경	9,500
8. 나무는 어떻게 지구를 구할까?	니키 테이트	초등5-6	5-2 과학 2.생물과 환경	12,500
9. 어떻게 소비해야 모두가 행복할까?	미셸 멀더	초등3-4	4-2 사회 2.필요한 것의 생산과 교환	12,500
10. 실험실에서 만든 햄버거는 무슨 맛일까?	킴벌리 베네스	초등5-6	5-1 과학 5.다양한 생물과 우리 생활	12,500
11. 카카오 농부는 왜 초콜릿을 사 먹지 못할까?	카리 존스	초등3-4	4-2 사회 2.필요한 것의 생산과 교환	10,500
12. 사슴은 왜 도시로 나왔을까?	미셸 멀더	초등4-5	5-2 과학 2.생물과 환경	12,500
13. 우리는 왜 친구가 필요할까?	니키 테이트	초등3-4	4-2 도덕 4.힘과 마음을 모아서	12,500
14. 이웃끼리 똘똘 뭉치면 무슨 일이 생길까?	미셸 멀더	초등3-4	4-2 도덕 5.하나 되는 우리	10,500
15. 보글보글 비눗방울은 무엇으로 만들어졌을까?	로웨나 래	초등3-4	3-1 과학 2.물질의 성질	10,500
16. 지구의 주인은 누구일까?	카리 존스	초등3-4	4-2 도덕 6.함께 꿈꾸는 무지개 세상	12,500
17. 모기 침을 닮은 주삿바늘은 왜 안 아플까?	메건 클렌대넌 외	초등5-6	5-1 과학 5.다양한 생물과 우리 생활	10,500
18. 숲을 집어삼킨 칡덩굴은 어디에서 온 걸까?	메리-엘렌 윌콕스	초등4-5	5-2 과학 2.생물과 환경	10,500
19. 오늘은 유행, 내일은 쓰레기?	레이나 딜라일	초등3-4	3-2 도덕 5.함께 지키는 행복한 세상	12,500
20. 자율 주행차가 교통 문제를 해결한다면?	에린 실버	초등3-4	3-1 사회 교통과 통신 수단의 변화	12,500
21. 숲에 자동차 소리가 울려 퍼지면?	스티븐 에이킨	초등3-4	5-1 과학 5. 다양한 생물과 우리 생활	12,500
평화를 배우는 교실 시리즈				
1. 사람들은 왜 싸울까?	이와카와 나오키 글, 모리 마사유키 그림	초등1-3	3-1 도덕 1.나와 너, 우리 함께	8,500
2. 평화는 어디에서 올까?	오노 카즈오 외 글, 이시바시 후지코 그림	초등3-4	3-2 도덕 5.함께 지키는 행복한 세상	8,500
3. 전쟁은 왜 되풀이될까?	이시야마 히사오 글, 이시이 쓰토무 그림	초등3-4	3-2 도덕 6.생명을 존중하는 우리	8,500
4. 평화를 지킨 사람들	메라 세이지로 글, 이시이 쓰토무 그림	초등3-4	4-2 도덕 5.하나 되는 우리	8,500
5. 우리는 평화를 사랑해요	구로다 다카코 글, 이시바시 후지코 그림	초등3-4	4-2 도덕 6.함께 꿈꾸는 무지개 세상	8,500

단행본				
책 따라 친구 따라 지구 한 바퀴	최지혜 글, 손령숙 외 그림	초등4-6	4-2 국어 7.독서 감상문을 써요	9,500
신통방통 에너지를 찾아 떠난 이상한 나라의 까만 망토	박경화 글, 손령숙 그림	초등4-6	6-2 과학 5.에너지와 생활	9,500
아빠와 함께 찾아가는 쓰레기산의 비밀	서진석 글, 이루다 그림	초등4-6	5-1 사회 1.국토와 우리 생활	9,500
어린이 모금가들의 좌충우돌 나눔 도전기	아름다운재단기획, 임주현 글	초등4-6	6-1 도덕 2.작은 손길이 모여 따뜻해지는 세상	9,500
경제 속에 숨은 광고 이야기	프랑코 코웰바 글, 야요 가와루마 그림	초등4-6	4-2 사회 2.필요한 것의 생산과 교환	9,500
어린이와 청소년을 위한 머니 아이큐	샌디 도노반 외 글, 스티브 마크 그림	초등4-6	4-2 사회 2.필요한 것의 생산과 교환	11,000
다른 나라 아이들은 무슨 놀이를 할까?	니콜라 베르거 글, 이나 보름스 그림	초등1-4	4-2 도덕 4.힘과 마음을 모아서	11,000
평화를 나누는 그림 편지	배성호, 요시다 히로하루	초등3-4	4-2 도덕 6.함께 꿈꾸는 무지개 세상	11,000
왜 생일 케이크에 촛불을 켤까?	니키 테이트 외	초등4-6	4-2 사회 3.사회 변화와 문화의 다양성	11,000
독일 친구들이 들려주는 별별 학교 이야기	고맹임 글, 김현영 그림	초등4-6	6-2 사회 1.세계 여러 나라의 자연과 문화	12,000
<과학의 거인들>				
1. 다빈치 과학의 시대로 가는 다리가 되다	캐슬린 크룰 글, 보리스 쿨리코프 그림	초등5-6	6-1 국어 8.인물의 삶을 찾아서	9,500
2. 프로이트 정신의 지도를 그리다	캐슬린 크룰 글, 보리스 쿨리코프 그림	초등5-6	6-1 국어 8.인물의 삶을 찾아서	9,500
3. 뉴턴 사과로 우주의 비밀을 열다	캐슬린 크룰 글, 보리스 쿨리코프 그림	초등5-6	6-1 국어 8.인물의 삶을 찾아서	9,500
4. 퀴리 라듐으로 과학의 전설이 되다	캐슬린 크룰 글, 보리스 쿨리코프 그림	초등5-6	6-1 국어 8.인물의 삶을 찾아서	9,500
5. 아인슈타인 교실의 문제아, 세상을 바꾸다	캐슬린 크룰 글, 보리스 쿨리코프 그림	초등5-6	6-1 국어 8.인물의 삶을 찾아서	9,500
6. 다윈 진화론으로 생명의 신비를 밝히다	캐슬린 크룰 글, 보리스 쿨리코프 그림	초등5-6	6-1 국어 8.인물의 삶을 찾아서	9,500
7. 프랭클린 피뢰침으로 번개를 길들이다	캐슬린 크룰 글, 보리스 쿨리코프 그림	초등5-6	6-1 국어 8.인물의 삶을 찾아서	9,500
<가로세로그림책>				
태어납니다 사라집니다	유미희 글, 장선환 그림	초등1-3	3-2 과학 2.동물의 생활	13,500
줄을 섭니다	장선환 글·그림	초등1-3	3-2 도덕 4.우리 모두를 위한 길	13,500
표범장지뱀, 너구나!	유미희 글, 장선환 그림	초등1-3	2-1 국어-가 1.시를 즐겨요	14,500
처음에 하나가 있었다	막달레나 스키아보 글, 수지 자넬라 그림	초등1-3	1-1 국어-나 7.생각을 나타내요	15,000
모두 어디 갔을까?	김승연 글, 핸팡 그림	초등1-3	1-1 봄 2.도란도란 봄 동산	15,000

🏃 마슬피리

소능력자들 시리즈				
1. 애완동물 실종 사건	김하연 글, 송효정 그림	초등4-6	4-1 국어-가 1.생각과 느낌을 나누어요	11,000
2. 초능력 사냥꾼	김하연 글, 송효정 그림	초등4-6	4-1 국어-가 1.생각과 느낌을 나누어요	11,000
3. 비밀 연구소	김하연 글, 송효정 그림	초등4-6	4-1 국어-가 1.생각과 느낌을 나누어요	11,000
4. 괴물의 탄생	김하연 글, 송효정 그림	초등4-6	4-1 국어-가 1.생각과 느낌을 나누어요	11,000
5. 출동, 소벤저스!	김하연 글, 송효정 그림	초등4-6	4-1 국어-가 1.생각과 느낌을 나누어요	11,000
6. 사라진 소능력	김하연 글, 송효정 그림	초등4-6	4-1 국어-가 1.생각과 느낌을 나누어요	12,000
7. 천사의 눈물	김하연 글, 송효정 그림	초등4-6	4-1 국어-가 1.생각과 느낌을 나누어요	12,000
8.쌍둥이의 복수	김하연 글, 송효정 그림	초등4-6	4-1 국어-가 1.생각과 느낌을 나누어요	12,000

쌍둥이 탐정 통통구리 시리즈				
1. 야광귀와 사라진 아이들	류미원 글, 이경석 그림	초등1-3	2-1 국어-가 3. 마음을 나누어요	12,500
2. 색깔 먹는 하마	류미원 글, 이경석 그림	초등1-3	2-1 국어-가 3. 마음을 나누어요	12,500
3. 외계인의 보물	류미원 글, 이경석 그림	초등1-3	2-1 국어-가 3. 마음을 나누어요	12,500
4. 천도복숭아 도둑	류미원 글, 이경석 그림	초등1-3	2-1 국어-가 3. 마음을 나누어요	12,500
5. 거울귀신과 쌍둥이 마을	류미원 글, 이경석 그림	초등1-3	2-1 국어-가 3. 마음을 나누어요	12,500
단행본				
숫자인간, 메면들이 사는 나라	류미원 글, 노준구 그림	초등4-6	6-2 수학 7.수학으로 세상 보기	12,000

오유아이 Oui

도서명	저자	대상	교과 연계	정가
<지식은 모험이다>				
10대를 위한 진로탐색				
10대를 웹툰 작가가 되고 싶은 나, 어떻게 할까?	권혁주	중1-3	중등 : 진로와 직업	12,500
10대에 작가가 되고 싶은 나, 어떻게 할까?	김은재	중1-3, 고	중등 : 진로와 직업	고등 : 진로와 직업	14,500
10대에 프로그래머가 되고 싶은 나, 어떻게 할까?	제니퍼 코너-스미스	중1-3, 고	중등 : 진로와 직업	고등 : 진로와 직업	14,000
10대에 뮤지션이 되고 싶은 나, 어떻게 할까?	존 크로싱햄 글, 제프 쿨락 그림	중1-3	중등 : 진로와 직업	12,000
10대에 영화감독이 되고 싶은 나, 어떻게 할까?	마이클 글래스버그 글, 제프 쿨락 그림	중1-3	중등 : 진로와 직업	12,000
10대에 댄서가 되고 싶은 나, 어떻게 할까?	앤-마리 윌리엄스 글, 제프 쿨락 그림	중1-3	중등 : 진로와 직업	12,000
10대에 패션계에서 일하고 싶은 나, 어떻게 할까?	로라 드카루펠 글, 제프 쿨락 그림	중1-3	중등 : 진로와 직업	12,000
10대에 의료계가 궁금한 나, 어떻게 할까?	오쿠 신야	중1-3	중등, 고 : 진로와 직업	고등 : 진로와 직업	13,500
10대에 정보 보안 전문가가 되고 싶은 나, 어떻게 할까?	마이클 밀러 글	중1-3	중등 : 진로와 직업	14,500
10대를 위한 슬기로운 경제 책				
10대에 투자가 궁금한 나, 어떻게 할까?	다카하시 마사야	고1-3	고등 : 경제	13,500
10대에 미니멀리스트가 되고 싶은 나, 어떻게 할까?	샐리 맥그로	중1-3	중등 : 사회	13,000
광고는 왜 10대를 좋아할까?	사리 그레이드 글, 미셸 라모로 그림	중1-3	중등 : 사회	11,000
단행본				
10대가 가짜 과학에 빠지지 않는 20가지 방법	마크 짐머	중1-3, 고	중등 : 사회, 과학	13,500
10대를 위한 코로나바이러스 보고서	코니 골드스미스	중1-3	중등 : 사회, 과학, 환경	13,500
팬데믹 시대를 살아갈 10대, 어떻게 할까?	코니 골드스미스	중1-3	중등 : 사회, 과학, 환경	13,500
백신, 10대는 무엇을 알아야 할까?	태라 하엘	중1-3	중등 : 사회, 과학, 환경	13,500
눈 감으면 졸리지만 명상은 좀 멋져요	휘트니 스튜어트	중1-3	중등 : 기술가정, 도덕	13,500
피곤한 10대, 제대로 자고 있는 걸까?	카타리나 쿠이크 글, 엘린 린델 그림	중1-3	중등 : 기술가정	13,000
왜 10대는 외모에 열광할까?	사리 그레이든 글, 캐런 클라센 외 그림	중1-3	중등 : 사회	13,500
10대가 묻고, 이슬람이 답하다	람아 카도르 외 글, 알렉산드라 클로보우크 그림	중1-3, 고	중등 : 사회	고등 : 사회, 윤리와 사상	13,000
어른은 빼고 갈게요!	고우정 글, 이면지 그림	중1-3	중등 : 사회, 도덕	15,000
열일곱의 나눔 공작소	박수현	중1-3, 고	중등 : 사회, 도덕	고등 : 사회	11,500

햄버거 공부책

햄버거를 만들며 햄버거 빵 사이에 숨어 있는 놀라운 이야기를 들어 보세요!

한 입 베어 물면 고기 패티에선 육즙이 팡팡,
각종 채소에선 시원함과 아삭함이 폭발하는 햄버거!
햄버거는 어린이들이 사랑하는 음식 중 하나지만
어른들은 '패스트푸드'라며 못마땅해해요. 하지만
햄버거도 제대로 만들면 충분히 영양가 있는 음식인걸요?
흥미진진한 역사·문화·과학 지식도 숨어 있고요.

글 정원
그림 박지윤
펴낸곳 초록개구리
쪽 72쪽
값 13,000원

맛있는 햄버거
레시피는 팁!

단 하루라도 총을 내려놔 주세요!

미셸 멀더 글 | 이해정 그림 | 김태헌 옮김 | 168쪽 | 13,500원

오랜 전쟁으로 폭력이 끊이지 않던 콜롬비아에서
단 한 발의 총성도 들리지 않은 하루가 있어요.
어른들의 긴긴 싸움에 마침표를 찍기 위해 나선
어린이들의 유쾌한 평화 축제와 투표 이야기!

#어린이활동실화 #평화 #전쟁

초콜릿이 너무 비싸요!
초콜릿 불매 운동을 벌인 캐나다 어린이들

미셸 멀더 글 | 윤정미 그림 | 김루시아 옮김
144쪽 | 13,000원

초콜릿값이 갑자기 두 배로 오르자
불매 운동을 벌인 캐나다 어린이들의
유쾌하고 달콤한 행진!

★올해의 청소년 교양도서 추천도서
#어린이활동실화 #소비자운동 #민주주의

지구 좀 그만 못살게 굴어요!
세상 모든 어른을 침묵시킨 6분의 연설

재닛 윌슨 글 | 이지후 그림 | 송미영 옮김
224쪽 | 14,000원

스스로의 힘으로 지구 정상 회의에 참여해
지구를 망가뜨리는 어른들을 꾸짖은
어린이들 이야기!

#어린이활동실화 #환경
#어린이환경운동가

내가 바꾸는 세상은 불편을 참는 대신 스스로의 힘으로 세상을 아름답게 바꿔 가는
어린이들의 이야기를 통해 유쾌하고 발랄한 시민 의식의 힘을 보여 줍니다.

동화로 꿈꾸는 더 나은 세상, 사회에 질문을 던지는 🐸 초록개구리 어린이 문학

우리가 여기 먼저 살았다

오래된 동네에서 원래 살던 사람들이 내몰리게 되는 현상인
'젠트리피케이션'을 주제로 한 동화.
동네와 이웃을 지키려는 아이들의 아주 특별한 성장담이 펼쳐진다.

글 크리스털 D. 자일스 | 옮김 김루시아 | 300쪽 | 값 15,000원